Koninklij

MW01680822

Académie royale des sciences, des lettres et des beaux-arts de Belgique; 1861

Anatiposi

Koninklijke, Jaarboek van

Académie royale des sciences, des lettres et des beaux-arts de Belgique; 1861

Réimpression inchangée de l'édition originale de 1861.

1ère édition 2023 | ISBN: 978-3-38270-050-8

Anatiposi Verlag est une marque de Outlook Verlagsgesellschaft mbH.

Verlag (Éditeur): Outlook Verlag GmbH, Zeilweg 44, 60439 Frankfurt, Deutschland
Vertretungsberechtigt (Représentant autorisé): E. Roepke, Zeilweg 44, 60439 Frankfurt, Deutschland
Druck (Imprimerie): Books on Demand GmbH, In de Tarpen 42, 22848 Norderstedt, Deutschland

ANNUAIRE

DE

L'ACADÉMIE ROYALE

DES

SCIENCES, DES LETTRES ET DES BEAUX-ARTS

DE BELGIQUE.

1861.

VINGT-SEPTIÈME ANNÉE.

BRUXELLES,

CHEZ M. HAYEZ, IMPRIMEUR DE L'ACADÉMIE ROYALE.

MDCCCLXI.

ÉPHÉMÉRIDES POUR L'ANNÉE 1861.

Année d'après les ères anciennes et modernes.

Année de la création du monde 5867
— de la période julienne 6574
— depuis le déluge universel. 4209
— de la fondation de Rome, selon Varron 2614
— de l'ère de Nabonassar. 2608
— de l'ère chrétienne 1861

L'année 2637 des Olympiades, ou la 1re année de la 660e Olympiade, commence en juillet 1861.

L'année 1277 des Turcs, commencée le 20 juillet 1860, finit le 8 juillet 1861, selon l'usage de Constantinople.

L'année 1861 du calendrier julien commence le 13 janvier 1861.

L'année 5622 de l'ère des juifs commence le 5 septembre 1861.

Comput ecclésiastique.

Nombre d'or 19
Épacte. XVIII
Cycle solaire 22
Indiction romaine 4
Lettre dominicale. . . . . F

Fêtes mobiles.

Septuagésime.	27 janvier.
Les Cendres	13 février.
Pâques.	31 mars.
Les Rogations	6, 7 et 8 mai.
Ascension	9 mai.
Pentecôte	19 mai.
La Trinité.	26 mai.
La Fête-Dieu.	30 mai.
Premier dimanche de l'Avent	1er décembre.

Quatre-Temps.

Les 20, 22 et 23 février.
Les 22, 24 et 25 mai.
Les 18, 20 et 21 septembre.
Les 18, 20 et 21 décembre.

Éclipses.

Il y aura cette année trois éclipses de soleil; les deux premières, annulaires, le 11 janvier et le 7 juillet, seront invisibles à Bruxelles; la troisième, le 31 décembre, en partie visible, comme éclipse partielle, commencera à 2 h. 12 m. du soir, pour finir à 3 h. 17 m. — Il y aura aussi une éclipse partielle de lune le 17 décembre, en partie visible à Bruxelles, où elle commencera à 7 h. 44 m. du matin. — Le 12 novembre aura lieu un passage de Mercure sur le soleil, en partie visible à Bruxelles : la sortie aura lieu à l'œil nu, à l'Occident, à 9 h. 33 m., 43 s. du matin.

Janvier.

—

1 M. Circoncision de N.-S.
2 M. S. Adalard, abbé.
3 J. Ste Geneviève, vierge.
4 V. Ste Pharaïlde, vierge.
5 S. S. Télesphore, pape.
6 D. Épiphanie ou les Rois.
7 L. Ste Mélanie, vierge.
8 M. Ste Gudule, vierge.
9 M. S. Marcellin, évêque.
10 J. S. Agathon, pape.
11 V. S. Hygin, pape.
12 S. S. Arcade, martyr.
13 D. Ste Véronique de Milan.
14 L. S. Hilaire, év. de Poit.
15 M. S. Paul, ermite.
16 M. S. Marcel, pape.
17 J. S. Antoine, abbé.
18 V. Chaire de S. P. à Rome.
19 S. S. Canut, roi de Danem.
20 D. SS. Fabien et Sébastien.
21 L. Ste Agnès, vierge et m.
22 M. SS. Vincent et Anastase.
23 M. Épousailles de la Vierge.
24 J. S. Timothée, év. d'Eph.
25 V. Conversion de S. Paul.
26 S. S. Polycarpe, év. et m.
27 D. *Septuag.* S. Jean Chrys.
28 L. S. Julien, év. de Cuença.
29 M. S. François de Sales.
30 M. Ste Martine, v. et mart.
31 J. S. Pierre Nolasque.

Dernier Quartier le 4.
Nouvelle Lune le 11.
Premier Quartier le 19.
Pleine Lune le 26.

Février.

—

1 V. S. Ignace, év. et mart.
2 S. Purific. ou Chandeleur.
3 D. *Sexages.* S. Blaise, év.
4 L. S. André, Ste Jeanne, r.
5 M. Ste Agathe, v. et mart.
6 M. S. Amand, Ste Dorothée.
7 J. S. Romuald, abbé.
8 V. S. Jean de Matha.
9 S. Ste Apollonie, v. et mart.
10 D. *Quinq.* Ste Scholastique.
11 L. S. Séverin, abbé.
12 M. Ste Eulalie, v. et mart.
13 M. *Les Cend.* Ste Euphros.
14 J. S. Valentin, prêt. et m.
15 V. SS. Faustin et Jovite, m.
16 S. Ste Julienne, vierge.
17 D. *Quadr.* SS. Jul. et Théod.
18 L. S. Siméon, évêque et m.
19 M. S. Boniface, év. de Laus.
20 M. *Quat.-t.* S. Éleuthère.
21 J. Le B. de Pépin de Landen.
22 V. *Quatre-temps.* Ch. de S. P.
23 S. *Quat.-t.* S. Pierre Dam.
24 D. *Reminisc.* S. Mathias.
25 L. Ste Walburge, vierge.
26 M. Ste Adeltrude, abbesse.
27 M. S. Alexandre, évêque.
28 J. SS. Jul., Chron., Besas.

Dernier Quartier le 2.
Nouvelle Lune le 9.
Premier Quartier le 18
Pleine Lune le 25.

Mars.

—

1 V. S. Aubin, év. d'Angers.
2 S. S. Simplice, pape.
3 D. *Oculi*. Ste Cunégonde.
4 L. S. Casimir, roi.
5 M. S. Théophile.
6 M. Ste Colette, vierge.
7 J. S. Thomas d'Aquin.
8 V. S. Jean de Dieu.
9 S. Ste Françoise, veuve.
10 D. *Lœtare*. Les 40 SS. Mart.
11 L. S. Vindicien, évêque.
12 M. S. Grégoire le Grand, p.
13 M. Ste Euphrasie, vierge.
14 J. Ste Mathilde, reine.
15 V. S Longin, soldat.
16 S. Ste Eusébie, vierge.
17 D. La Passion. Ste Gertrude.
18 L. S. Gabriël, archange.
19 M. S. Joseph, patr. de la B.
20 M. S. Wulfran, év. de Sens.
21 J. S. Benoît, abbé.
22 V. S. Basile, martyr.
23 S. S. Victorien, martyr.
24 D. *Les Rameaux*. S. Agapet.
25 L. S. Humbert.
26 M. S. Ludger, év. de Munst.
27 M. S. Rupert, év. de Worms.
28 J. *Jeudi-Saint*. S. Sixte III.
29 V. *Vendr.-Saint*. S. Eustase.
30 S. N.-D. des Sept-Douleurs.
31 D. PAQUES. S. Benjamin.

Dernier Quartier le 3.
Nouvelle Lune le 11.
Premier Quartier le 19.
Pleine Lune le 26.

Avril.

—

1 L. S. Hugues, abbé.
2 M. S. François de Paule.
3 M. S. Richard, évêque.
4 J. S. Isidore de Séville.
5 V. S. Vincent Ferrier.
6 S. S. Célestin, pape.
7 D. *Quasimodo*. S. Albert.
8 L. S. Perpétue, évêque.
9 M. Annonciation. Ste Vaudru.
10 M. S. Macaire, évêque.
11 J. S. Léon le Grand, pape.
12 V. S. Jules I, pape.
13 S. S. Herménégilde, mart.
14 D. *Misericordia*. S. Tiburce.
15 L. S. Anastasie et Basilisse.
16 M. S. Drogon, ermite.
17 M. S. Anicet, pape et mart.
18 J. S. Ursmar, év. et ab.
19 V. S. Léon IX, pape.
20 S. Ste Agnès, vierge.
21 D. *Jubilate*. S. Anselme.
22 L. S. Soter et Cajus, p. et m.
23 M. S. Georges, martyr.
24 M. S. Fidèle de Sigmaring.
25 J. S. Marc, évangéliste.
26 V. SS. Clet et Marcellin, p.
27 S. S. Antime, évêque et m.
28 D. *Cantate*. S. Vital, martyr.
29 L. S. Pierre de Milan, m.
30 M. Ste Catherine de Sienne.

Dernier Quartier le 2.
Nouvelle Lune le 10.
Premier Quartier le 18.
Pleine Lune le 24.

Mai.

—

1 M. SS. Philippe et Jacq., ap.
2 J. S. Athanase, év. et doct.
3 V. Invention de la Ste Croix.
4 S. Ste Monique, veuve.
5 D. *Vocem*. S. Pie V, pape.
6 L. *Rogat*. S. Jean Porte L.
7 M. *Rogations*. S. Stanislas.
8 M. *Rogat*. App. de S. Michel.
9 J. ASCENSION. S. Grégoire.
10 V. S. Antonin, archevêque.
11 S. S. Franç. de Hiéronymo.
12 D. *Exaud*. SS. Nérée et Achil.
13 L. S. Servais, évêque.
14 M. S. Pacôme, abbé.
15 M. Ste Dymphne, v. et mart.
16 J. S. Jean Népomucène, m.
17 V. S. Pascal Baylon.
18 S. S. Venance, m. *Jeûne*.
19 D. PENTECOTE. S. Pierre.
20 L. S. Bernardin de Sienne.
21 M. Ste Itisberge, vierge.
22 M. *Quatre-temps*. Ste Julie.
23 J. S. Guibert.
24 V. *Quat.-t.* N.-D. Sec. des Chr.
25 S. *Quat.-t.* S. Grégoire VII.
26 D. La Trinité. S. Philippe.
27 L. S. Jean I, pape.
28 M. S. Germain, év. de Paris.
29 M. S. Maximin, év. de Trèv.
30 J. Fête-Dieu. S. Ferdinand.
31 V. Ste Pétronille.

Dernier Quartier le 1.
Nouvelle Lune le 9.
Premier Quartier le 17.
Pleine Lune le 24.
Dernier Quartier le 31.

Juin.

—

1 S. S. Pamphile, martyr.
2 D. SS. Marcellin et Érasme.
3 L. Ste Clotilde, reine.
4 M. S. Optat, év. de Milève.
5 M. S. Boniface, év. et mart.
6 J. S. Norbert, évêque.
7 V. S. Robert, abbé.
8 S. S. Médard, évêque.
9 D. SS. Prime et Félicien, m.
10 L. Ste Marguerite, reine.
11 M. S. Barnabé, apôtre.
12 M. S. Jean de Sahagun.
13 J. S. Antoine de Padoue.
14 V. S. Basile le Grand, arc.
15 S. SS. Guy et Modeste, m.
16 D. S. Jean François Régis.
17 L. Ste Alène, vierge et mart.
18 M. SS. Marc et Marcellin, m.
19 M. Ste Julienne de Falc., v.
20 J. S. Sylvère, pape et m.
21 V. S. Louis de Gonzague.
22 S. S. Paulin, év. de Nole.
23 D. B. Marie d'Oignies.
24 L. Nativité de S. Jean-Bapt.
25 M. S. Guillaume, abbé.
26 M. SS. Jean et Paul, mart.
27 J. S. Ladislas, roi de Hong.
28 V. S. Léon II, pape. *Jeûne*.
29 S. SS. Pierre et Paul, ap.
30 D. Ste Adile, vierge.

Nouvelle Lune le 8.
Premier Quartier le 15.
Pleine Lune le 22.
Dernier Quartier le 30.

Juillet.

1	L.	S.	Rombaut, évêque.
2	M.		Visitation de la Vierge.
3	M.	S.	Euloge, martyr.
4	J.	S.	Théodore, évêque.
5	V.	S.	Pierre de Lux., év.
6	S.	Ste	Godelive, martyre.
7	D.	S.	Willebaud, évêque.
8	L.	Ste	Elisabeth, reine.
9	M.	SS.	Martyrs de Gorcum.
10	M.		Les sept Frères Martyrs.
11	J.	S.	Pie I, pape.
12	V.	S.	Jean Gualbert, abbé.
13	S.	S.	Anaclet, pape et m.
14	D.	S.	Sacr. de Mir. à Brux.
15	L.	S.	Henri, empereur.
16	M.		N.-D. du Mont-Carmel.
17	M.	S.	Alexis, confesseur.
18	J.	S.	Camille de Lellis.
19	V.	S.	Vincent de Paul.
20	S.	S.	Jérôme Émilien.
21	D.	Ste	Praxède, vierge.
22	L.	Ste	Marie-Madeleine.
23	M.	S.	Apollinaire, évêque.
24	M.	Ste	Christine, v. et mart.
25	J.	S.	Jacques le Majeur, ap.
26	V.	Ste	Anne, mère de la Vier.
27	S.	S.	Pantaléon, martyr.
28	D.	S.	Victor, martyr.
29	L.	Ste	Marthe, vierge.
30	M.	SS.	Abdon et Sennen, m.
31	M.	S.	Ignace de Loyola.

Nouvelle Lune le 8.
Premier Quartier le 15.
Pleine Lune le 22.
Dernier Quartier le 29

Août.

1	J.	S.	Pierre-ès-Liens.
2	V.	S.	Étienne, S. Alphonse.
3	S.		Invention de S. Etienne.
4	D.	S.	Dominique, confess.
5	L.		Notre-Dame-aux-Neiges.
6	M.		Transfiguration de N. S.
7	M.	S.	Donat, év. et mart.
8	J.	S.	Cyriac, martyr.
9	V.	S.	Romain, martyr.
10	S.	S.	Laurent, martyr.
11	D.	S.	Géry, év. de Cambrai.
12	L.	Ste	Claire, vierge.
13	M.	S.	Hippolyte, martyr.
14	M.	S.	Eusèbe, mart. *Jeûne.*
15	J.		ASSOMPTION. S. Arnld.
16	V.	S.	Roch, confesseur.
17	S.	S.	Libérat, abbé.
18	D.	Ste	Hélène, impératrice.
19	L.	S.	Joachim, S. Jules.
20	M.	S.	Bernard, abbé.
21	M.	Ste	Jeanne-Françoise.
22	J.	S.	Timothée, martyr.
23	V.	S.	Philippe Béniti.
24	S.	S.	Barthélemi, apôtre.
25	D.	S.	Louis, roi de France.
26	L.	S.	Zéphirin, pape et m.
27	M.	S.	Joseph Calasance.
28	M.	S.	Augustin, év. et doct.
29	J.		Décoll. de S. Jean-Bapt.
30	V.	Ste	Rose de Lima, vierge.
31	S.	S.	Raymond Nonnat.

Nouvelle Lune le 6.
Premier Quartier le 13.
Pleine Lune le 20.
Dernier Quartier le 28.

Septembre.

1 D. S. Gilles, abbé.
2 L. S. Étienne, roi de Hong.
3 M. S. Rémacle, év. de Maest.
4 M. Ste Rosalie, vierge.
5 J. S. Laurent Justinien.
6 V. S. Donatien, martyr.
7 S. Ste Reine, vierge.
8 D. Nativité de la Vierge.
9 L. S. Gorgone, martyr.
10 M. S. Nicolas de Tolentino.
11 M. SS. Prote et Hyacinthe.
12 J. S. Guy d'Anderlecht.
13 V. S. Amé, év. Sion en Val.
14 S. Exaltation de la Croix.
15 D. S. Nicomède, martyr.
16 L. SS. Corneille et Cyprien.
17 M. S. Lambert, év. de Maest.
18 M. *Q.-temps*. S. Jos. de Cup.
19 J. S. Janvier, martyr.
20 V. *Q.-temps*. S. Eustache.
21 S. *Q.-temps*. S. Matthieu.
22 D. S. Maurice et ses comp.
23 L. Ste Thècle, vierge et m.
24 M. Notre-Dame de Merci.
25 M. S. Firmin, év. et mar.
26 J. SS. Cyprien et Justine.
27 V. SS. Cosme et Damien, m.
28 S. S. Wenceslas, martyr.
29 D. S. Michel, archange.
30 L. S. Jérôme, docteur.

Nouvelle Lune le 4.
Premier Quartier le 11.
Pleine Lune le 19.
Dernier Quartier le 27.

Octobre.

1 M. S. Bavon, S. Remi.
2 M. S. Léodegaire, évêque.
3 J. S. Gérard, abbé.
4 V. S. François d'Assise.
5 S. S. Placide, martyr.
6 D. S. Brunon, confesseur.
7 L. S. Marc, pape.
8 M. Ste Brigitte, veuve.
9 M. S. Denis et ses comp., m.
10 J. S. François de Borgia.
11 V. S. Gommaire, p. de Lier.
12 S. S. Wilfrid, év. d'York.
13 D. S. Édouard, roi d'Angl.
14 L. S. Calixte, pape et mart.
15 M. Ste Thérèse, vierge.
16 M. S. Mummolin, évêque.
17 J. Ste Hedwige, veuve.
18 V. S. Luc, évangéliste.
19 S. S. Pierre d'Alcantara.
20 D. S. Jean de Kenti.
21 L. Ste Ursule et ses comp. m.
22 M. S. Mellon, évêque.
23 M. S. Jean de Capistran.
24 J. S. Raphaël, archange.
25 V. SS. Crépin et Crépinien.
26 S. S. Évariste, pape et m.
27 D. S. Frumence, apôtre.
28 L. SS. Simon et Jude, apôt.
29 M. Ste Ermelinde, vierge.
30 M. S. Foillan, martyr.
31 J. S. Quentin, m. *Jeûne*.

Nouvelle Lune le 4.
Premier Quartier le 10.
Pleine Lune le 18.
Dernier Quartier le 26.

Novembre.

—

1 V. TOUSSAINT.
2 S. *Les trépassés.*
3 D. S. Hubert, év. de Liége.
4 L. S. Charles Borromée.
5 M. S. Zacharie, S^{e} Elisabeth.
6 M. S. Winoc, abbé.
7 J. S. Willebrord, év. d'Ut.
8 V. S. Godefroi, év. d'Am.
9 S. Déd. de l'égl. du Sauv. à R.
10 D. S. André Avellin.
11 L. S. Martin, év. de Tours.
12 M. S. Liévin, év. et mart.
13 M. S. Stanislas Kostka.
14 J. S. Albéric, év. d'Utrecht.
15 V. S. Léopold, confesseur.
16 S. S. Edmond, archevêq.
17 D. S. Grégoire Thaumatur.
18 L. Déd. de SS. Pier. et Paul.
19 M. Ste Élisabeth, duchesse.
20 M. S. Félix de Valois.
21 J. Présentat. de la Vierge.
22 V. Ste Cécile, vierge et mar.
23 S. S. Clément I, pape et m.
24 D. S. Jean de la Croix.
25 L. Ste Catherine, v. et m.
26 M. S. Albert de Louv., év.
27 M. S. Acaire, év. de Noyon.
28 J. S. Rufe, martyr.
29 V. S. Saturnin, martyr.
30 S. S. André, apôtre.

Nouvelle Lune le 2.
Premier Quartier le 9.
Pleine Lune le 17.
Dernier Quartier le 25.

Décembre.

—

1 D. *Avent.* S. Éloi, évêque.
2 L. Ste Bibienne, v. et m.
3 M. S. François Xavier.
4 M. Ste Barbe, martyre.
5 J. S. Sabbas, abbé.
6 V. S. Nicolas, év. de Myre.
7 S. S. Ambroise, év. et doct.
8 D. CONCEPTION DE LA VIERGE.
9 L. Ste Léocadie, v. et mart.
10 M. S. Melchiade, pape et m.
11 M. S. Damase, pape.
12 J. S. Valery, abbé en Pic.
13 V. Ste Lucie, vierge et mart.
14 S. S. Spiridion, évêque.
15 D. S. Adon, arch. de Vien.
16 L. S. Eusèbe, év. de Verc.
17 M. Ste Begge, veuve.
18 M. *Q.-temps.* Exp. de la V.
19 J. S. Némésion, martyr.
20 V. *Q.-temps.* S. Philogone.
21 S. *Quat.-temps.* S. Thomas.
22 D. S. Hungère, év. d'Utr.
23 L. Ste Victoire, vierge et m.
24 M. S. Lucien. *Jeûne.*
25 M. NOËL.
26 J. S. Étienne, premier m.
27 V. S. Jean, apôt. et évang.
28 S. SS. Innocents.
29 D. S. Thomas de Cantorb.
30 L. S. Sabin, évêq. et mart.
31 M. S. Silvestre, pape.

Nouvelle Lune le 2.
Premier Quartier le 9.
Pleine Lune le 17.
Dernier Quartier le 24.
Nouvelle Lune le 31.

Calendrier de l'Académie.

Janvier. — Réunion de la commission administrative pour arrêter les comptes et régler le bugdet.

Élection du Directeur dans les trois classes.

Elections des membres, associés et correspondants de la *Classe des Beaux-Arts.*

Rapport des commissions spéciales des finances nommées par chaque classe.

Février. — Les mémoires, destinés au concours annuel ouvert par la *Classe des Lettres*, doivent être remis avant le 1er du mois.

Élection du comité, chargé de la présentation des candidats aux places vacantes dans la Classe des Lettres.

Mars. — Proposition des candidats pour les élections aux places vacantes dans la *Classe des Lettres.*

Mai. — Jugement des mémoires envoyés au concours ouvert par la *Classe des Lettres ;* rédaction du programme pour le concours suivant.

Élections des membres, associés et correspondants de la *Classe des Lettres.*

Séance générale des trois classes pour régler les intérêts communs ; élection des membres de la commission administrative.

Proclamation des résultats de la troisième période du prix quinquennal d'histoire, de la deuxième période du prix quinquennal des sciences morales et politiques et de la première période du prix triennal de littérature dramatique française.

Juin. — Les mémoires destinés au concours ouvert par la *Classe des Beaux-Arts* doivent être remis avant le 1er du mois.

Aout. — Les vacances commencent après la séance de chaque classe.

Septembre. — Fin des vacances le 20.

Les mémoires destinés au concours ouvert par la *Classe des Sciences* doivent être remis avant le 20 du mois.

Jugement des mémoires envoyés au concours ouvert par la *Classe des Beaux-Arts ;* rédaction du programme pour le concours suivant.

Séance publique de la *Classe des Beaux-Arts ;* distribution des récompenses décernées.

Octobre. — Proposition des candidats pour les élections aux places vacantes dans la *Classe des Sciences.*

Novembre. — Proposition des candidats pour les élections aux places vacantes dans la *Classe des Beaux-Arts.*

Élection des candidats destinés à former les jurys des prix quinquennaux (classe des sciences et classe des lettres).

Décembre. — Nomination des commissions spéciales des finances pour la vérification des comptes de chaque classe.

Jugement des mémoires envoyés au concours ouvert par la *Classe des Sciences ;* rédaction du programme pour le concours suivant.

Élections des membres, associés et correspondants de la *Classe des Sciences.*

Séance publique de la *Classe des Sciences ;* distribution des récompenses décernées.

Fin de la deuxième période quinquennale du prix pour les sciences naturelles.

ORGANISATION DE L'ACADÉMIE ROYALE DES SCIENCES, DES LETTRES ET DES BEAUX-ARTS DE BELGIQUE.

Aperçu historique.

En 1769, il se forma à Bruxelles une *société littéraire*, sous les auspices du comte de Cobenzl, ministre plénipotentiaire de Sa Majesté l'impératrice Marie-Thérèse. La première séance de cette société eut lieu chez le comte de Nény, le 5 mai de la même année.

Différentes causes portèrent obstacle aux travaux et aux succès de la société littéraire, qui, quatre ans après sa naissance, vit élargir son cadre et reçut, avec le titre d'*Académie impériale et royale*, plusieurs priviléges importants pour cette époque. La première séance fut tenue dans la Bibliothèque royale, sous la présidence du chancelier de Brabant, le 13 avril 1773 (1).

(1) Voyez, dans l'*Annuaire de l'Académie* pour 1840, 6e année, les différents documents relatifs à l'histoire de l'ancienne Académie impériale et royale, publiés par M. Gachard, d'après les pièces retrouvées dans les archives de l'État.

L'Académie impériale et royale continua paisiblement ses travaux jusqu'à l'époque de la révolution française, et publia, outre cinq volumes de mémoires sur les sciences et les lettres, un grand nombre d'ouvrages couronnés dont la liste a été insérée daus l'*Annuaire* de 1841, 7e année. Dispersée par suite des événements politiques, l'Académie s'était assemblée, pour la dernière fois, le 21 mai 1794. Elle fut rétablie, sous le titre d'*Académie royale des sciences et belles-lettres*, par arrêté royal du 7 mai 1816. L'installation eut lieu, au Musée des tableaux de la ville, le 18 novembre de la même année (1).

En 1832, l'Académie, consultée par M. le Ministre de l'intérieur sur l'utilité de la création d'une classe des beaux-arts, répondit, à l'unanimité, qu'elle regardait cette extension comme utile. Différents plans de réforme furent ensuite proposés, soit dans l'intérieur, soit à l'extérieur de l'Académie, et le Gouvernement, par ses arrêtés du 1er décembre 1845, sépara définitivement la compagnie en trois classes, celle des sciences, celle des lettres et celle des beaux-arts (2).

(1) Voyez le procès-verbal de la séance dans l'*Annuaire de l'Académie* pour 1840, 6e année.

(2) Voyez dans les *Annuaires* de 1846 à 1850 les documents relatifs à la réorganisation de l'Académie.

Statuts organiques (1).

Art. 1er. L'Académie des sciences et belles-lettres, fondée par l'impératrice Marie-Thérèse, prend le titre d'Académie royale des sciences, des lettres et des beaux-arts de Belgique.

Art. 2. Le Roi est protecteur de l'Académie.

Art. 3. L'Académie est divisée en trois classes.

La première classe (classe des sciences) s'occupe spécialement des sciences physiques et mathématiques, ainsi que des sciences naturelles.

La seconde classe (classe des lettres et des sciences morales et politiques) s'occupe de l'histoire, de l'archéologie, des littératures ancienne et moderne, de la philosophie et des sciences morales et politiques.

La troisième classe (classe des beaux-arts) s'occupe de la peinture, de la sculpture, de la gravure, de l'architecture, de la musique, ainsi que des sciences et des lettres en rapport avec les beaux-arts.

Art. 4. Chaque classe est composée de trente membres.

Elle compte en outre cinquante associés étrangers et dix correspondants regnicoles au plus.

A l'avenir, la qualité de membre absorbera la qualité de correspondant, même d'une autre classe (2).

Art. 5. Les nominations aux places sont faites par chacune des classes où les places viennent à vaquer.

(1) Adoptés par arrêté royal du 1er décembre 1845.

(2) Ce paragraphe a été ajouté par arrêté royal du 20 août 1847.

Art. 6. Pour devenir membre, il faut être Belge ou naturalisé Belge, d'un caractère honorable et auteur d'un ouvrage important relatif aux travaux de la classe.

Art. 7. Les nominations des membres sont soumises à l'approbation du Roi.

Art. 8. Chaque classe peut choisir le sixième de ses membres parmi les membres des autres classes.

Art. 9. Tout académicien qui cesse d'être domicilié en Belgique perd son titre et prend celui d'associé.

Art. 10. Chaque classe nomme son directeur annuel. Le directeur n'est pas immédiatement rééligible.

Le directeur ne peut être choisi deux années de suite parmi les membres étrangers à la ville de Bruxelles (1).

Art. 11. Le Roi nomme, pour la présidence annuelle, un des trois directeurs.

Dans les occasions solennelles où les trois classes sont réunies, le président représente l'Académie.

Art. 12. Le directeur a la direction générale de sa classe; il préside à toutes les assemblées, fait délibérer sur les différentes matières qui sont du ressort de la classe, recueille les opinions des membres et prononce les résolutions à la pluralité des voix.

Il fait observer tous les articles des présents statuts et du règlement, et tient particulièrement la main à ce que, dans les assemblées, tout se passe avec ordre.

Art. 13. Le secrétaire perpétuel appartient aux trois classes, et il est élu par elles au scrutin et à la majorité absolue.

Le secrétaire perpétuel est choisi parmi les membres domiciliés à Bruxelles. Sa nomination est soumise au Roi (1).

(1) Les articles 10 et 13 ont été adoptés par l'arrêté royal du 1er juin 1848, qui en modifie la rédaction primitive.

Art. 14. La correspondance de l'Académie se tient par le secrétaire perpétuel, organe et interprète de cette compagnie.

Art. 15. Le secrétaire perpétuel tient registre des délibérations, signe les résolutions, délivre les certificats d'approbation et autres, reçoit les mémoires et lettres adressés à chaque classe et y fait les réponses.

Lorsque, par maladie ou autre empêchement légitime, il ne peut pas assister aux séances, il s'y fait remplacer par un membre de son choix et appartenant à la classe.

Art. 16. Chaque classe forme son règlement intérieur, qui est soumis à l'approbation royale.

Art. 17. Le Roi décrète un règlement général.

Il ne peut y être apporté des changements qu'une fois par an, dans la séance générale des trois classes mentionnée ci-après; ces changements doivent avoir obtenu l'assentiment des deux tiers des membres présents, et ils sont soumis à l'approbation du Roi.

Art. 18. Chaque classe a une séance mensuelle d'obligation pour ses membres; les membres des autres classes peuvent y assister et y faire des lectures, mais ils n'y ont pas voix délibérative.

Chaque classe a de plus une séance publique annuelle, présidée par son directeur, dans laquelle elle rend compte de ses travaux et remet les prix décernés au concours.

Les deux autres classes assistent à cette séance publique.

Art. 19. Chaque année, les trois classes ont, au mois de mai, une séance générale pour régler entre elles les intérêts communs.

Art. 20. Les budgets des trois classes sont arrêtés par

une commission administrative de sept membres, composée des trois directeurs, du secrétaire perpétuel et d'un membre à désigner annuellement dans chaque classe. La répartition des fonds est faite d'après les besoins de chacune, par cette commission administrative.

Art. 21. Les mémoires des trois classes sont publiés dans un même volume et ont chacun leur pagination. Il en est de même pour la collection des mémoires couronnés et des mémoires des savants étrangers, dont l'impression aura été ordonnée par chaque classe. Un bulletin paraît mensuellement et contient le résumé des travaux des trois classes (1).

Art. 22. La bibliothèque, les archives et les collections appartiennent en commun aux trois classes, et sont sous la surveillance spéciale de la commission désignée à l'article 20.

Art. 23. Les dispositions qui précèdent formant les statuts organiques, ne peuvent être changées qu'en séance générale, et du consentement de l'Académie, donné par les trois quarts des membres présents. Tout changement est soumis à l'approbation du Roi.

(1) Les membres et les correspondants reçoivent les publications de l'Académie; les associés recevront également les *Bulletins* et l'*Annuaire*, quand ils en auront exprimé le désir et qu'ils auront désigné, à Bruxelles, un correspondant chargé de les leur transmettre.

Règlement général (1).

Composition de l'Académie.

ART. 1er. L'Académie est divisée en trois classes : celle des sciences, celle des lettres et celle des beaux-arts.

La classe des sciences est divisée en deux sections, savoir : la section des sciences mathématiques et physiques, et la section des sciences naturelles, qui se composent de la botanique, de la géologie, de la minéralogie et de la zoologie.

La classe des lettres est également partagée en deux sections : celle d'histoire et des lettres, et celle des sciences politiques et morales. La première comprend l'histoire nationale, l'histoire générale, l'archéologie, les langues anciennes et les littératures française et flamande ; la seconde comprend les sciences philosophiques, la législation, la statistique et l'économie politique.

La classe des beaux-arts comprend les subdivisions suivantes : la peinture, la sculpture, la gravure, l'architecture, la musique, les sciences et les lettres dans leurs rapports avec les beaux-arts.

ART. 2. Les nominations de membres, d'associés ou de correspondants se font, pour les classes des sciences et des lettres, une fois par an, la veille de la séance publique ; et, pour la classe des beaux-arts, à la séance du mois de janvier (2).

(1) Adopté par arrêté royal du 1er décembre 1845.

(2) Cet article a été adopté par l'arrêté royal du 10 août 1852, qui modifie la rédaction primitive.

Art. 3. Chaque fois qu'il est question d'une élection, la mention en est faite spécialement dans la lettre de convocation, qui indique le jour et l'heure précise à laquelle il y sera procédé, ainsi que le nombre des places vacantes.

Art. 4. L'élection a lieu à la majorité absolue des voix; cependant si, après deux tours de scrutin, aucun des candidats n'a obtenu la majorité des suffrages, on procède à un scrutin de ballottage.

Art. 5. Lorsque plusieurs places sont vacantes, on vote séparément pour chaque place.

Art. 6. Les listes de présentation pour chaque classe doivent être doubles et contenir l'indication des titres des candidats.

Art. 7. On peut nommer en dehors des listes de présentation, pourvu que l'inscription des nouvelles candidatures ait lieu, avec l'assentiment de la classe, dans la séance qui précède celle de l'élection (1).

Art. 8. Le directeur de chaque classe est désigné une année avant d'entrer en fonctions, et cette nomination a lieu à la première séance de janvier. Pendant cette année, il prend le titre de vice-directeur.

En l'absence du directeur, ses fonctions sont remplies par le vice-directeur.

Séances.

Art. 9. Des billets de convocation sont adressés aux membres de chaque classe, trois jours, au moins, avant chaque réunion; ils énoncent les principaux objets qui y seront traités.

(1) Les articles 6 et 7 ont été adoptés par l'arrêté royal du 15 juin 1854, qui modifie la rédaction primitive.

Art. 10. Les associés et les correspondants ont le droit d'assister aux séances avec voix consultative, excepté quand la classe sera constituée en comité.

Art. 11. Chaque classe a une séance publique, à savoir :

La classe des sciences, au mois de décembre ;

La classe des lettres, au mois de mai ;

La classe des beaux-arts, au mois de septembre.

On y distribue les récompenses décernées par la classe, et on y fait des lectures et des rapports sur les ouvrages couronnés.

Art. 12. Tous les ans, la veille de la séance publique de chaque classe, on proclame les auteurs des mémoires auxquels un des prix aura été adjugé. On détermine ensuite les sujets des questions à proposer pour les concours suivants.

Art. 13. Le jour des séances, la salle est ouverte depuis dix heures.

Art. 14. La séance commence par la lecture de la correspondance ; le secrétaire ne peut être interrompu pendant cette lecture.

Art. 15. Les vacances de l'Académie commencent après la séance du mois d'août, et finissent le 20 septembre.

Art. 16. Des jetons de présence sont distribués aux membres de la manière suivante :

Un jeton aux membres qui habitent Bruxelles ou les environs ;

Deux jetons aux membres qui habitent de deux à dix lieues de distance de Bruxelles ;

Trois jetons aux membres qui habitent de dix à quinze lieues de distance de Bruxelles ;

Quatre jetons aux membres qui habitent à plus de dix-huit lieues de distance de Bruxelles.

Publications.

Art. 17. Les publications de l'Académie sont les suivantes :

1° Mémoires des membres, des associés, des correspondants ;

2° Mémoires couronnés et mémoires des savants étrangers ;

3° Bulletins des séances ;

4° Annuaire de l'Académie.

Art. 18. L'annuaire est publié à la fin de chaque année, et il en est de même des mémoires, qui paraissent par volume ou par partie de volume.

Les bulletins sont publiés à la suite de chaque séance et au moins huit jours avant la séance suivante.

Art. 19. Chaque mémoire, dans les deux premiers recueils, a sa pagination particulière.

Les mémoires des associés et des correspondants, dans le premier recueil, sont imprimés à la suite de ceux des membres.

Art. 20. Quand des mémoires composés par des membres sont lus à l'Académie, il en est donné une analyse succincte dans le bulletin de la séance où la lecture en aura été faite.

Les rapports des commissaires sur les mémoires des membres ne sont point livrés à la publicité ; cependant, s'ils présentent, en dehors de l'analyse, des détails qui soient de nature à intéresser la science, on peut les insérer par extraits.

Art. 21. Quand des mémoires composés par des associés et des correspondants, ou par des savants étrangers, sont lus à l'Académie, on se borne à les annoncer dans le bulletin de la séance où la lecture en aura été faite.

Les rapports des commissaires, qui devront présenter un aperçu de ce que ces mémoires contiennent de plus remarquable, peuvent être imprimés dans les bulletins.

Art. 22. Le secrétaire peut confier aux auteurs les mémoires qui ont été adoptés pour l'impression, afin qu'ils y fassent les corrections nécessaires, mais il est tenu de les reproduire aux commissaires, si ces mémoires ont été modifiés pour le fond, ou si l'on y a fait des intercalations.

Quand de pareils changements ont été faits, il faut les désigner d'une manière expresse ou donner aux mémoires la date de l'époque à laquelle ils ont été modifiés.

Art. 23. Dans aucun cas, on ne peut rendre aux auteurs les manuscrits des mémoires qui ont concouru. Les changements qui peuvent être adoptés pour des mémoires de concours que l'on imprime, sont placés, sous forme de notes ou d'additions, à la suite de ces mémoires.

Art. 24. Les mémoires des membres dont l'impression n'a pas été ordonnée, peuvent être rendus aux auteurs, qui, dans tous les cas, peuvent en faire prendre une copie à leurs frais.

Les manuscrits des mémoires de concours, de même que des mémoires communiqués par des associés, des correspondants ou des savants étrangers, sur lesquels il a été fait des rapports, deviennent la propriété de l'Académie.

Art. 25. On présente, dans les bulletins des séances, les communications scientifiques et littéraires qui ont été faites, et l'annonce des mémoires qui ont été lus.

Le bulletin ne peut être considéré comme appendice au procès-verbal, que pour autant qu'il aura été approuvé.

Art. 26. Le secrétaire est autorisé à remettre à un bulletin suivant, l'impression des notices illisibles, ou des pièces dont la composition ou la lithographie exigeraient un retard dans la publication des bulletins.

Art. 27. Tout mémoire qui est admis pour l'impression, est inséré dans les mémoires de l'Académie, si son étendue doit excéder une feuille d'impression. La compagnie se réserve de décider, à chaque séance, d'après la quantité de matériaux qui y sont présentés, si les mémoires qui excèdent une demi-feuille, seront ou ne seront pas insérés dans le bulletin.

Art. 28. Les auteurs des mémoires ou notices insérés dans les bulletins de l'Académie, ont droit à recevoir cinquante exemplaires particuliers de leur travail.

Ce nombre sera de cent pour les écrits imprimés dans le recueil des mémoires.

Les auteurs ont, en outre, la faculté de faire tirer des exemplaires en sus de ce nombre, en payant à l'imprimeur une indemnité de quatre centimes par feuille (1).

(1) Quant aux prix des titres extraordinaires, brochures, etc., le tarif suivant a été admis provisoirement :

Grand titre in-4° (composition)	fr.	6 00
Titre in-8°. »		3 00
Impression comme pour les exemplaires d'auteurs, à 4 centimes la feuille.		
Couverture non imprimée, in-4°, papier de pâte, le cent .	fr.	3 00
» » in-8°		1 50
» imprimée, in-4°		5 00
» » in-8°		3 00
Brochure in-4°, avec planches, moins de 5 feuilles, le cent.		4 00
» » » plus de 5 feuilles . . .		5 50
» in-8°, » moins de 5 feuilles . . .		3 00
» » » plus de 5 feuilles . . .		4 00

Art. 29. L'Académie a son lithographe; mais, à conditions égales, les auteurs ont la faculté d'employer d'autres lithographes, dont les talents leur inspireraient plus de confiance.

Art. 30. L'Académie a aussi son imprimeur. L'imprimeur et le lithographe ne reçoivent les ouvrages qui leur sont confiés que des mains du secrétaire perpétuel, et ils ne peuvent imprimer qu'après avoir obtenu de lui un *bon à tirer*.

Art. 31. Les épreuves sont adressées directement au secrétaire perpétuel, qui les fait remettre aux auteurs. C'est aussi par l'entremise du secrétaire que les feuilles passent des mains des auteurs dans celles de l'imprimeur.

Art. 32. Les frais de remaniements ou de changements extraordinaires faits pendant l'impression, sont à la charge de celui qui les a occasionnés.

Concours.

Art. 33. Les médailles d'or présentées comme prix des concours, sont de la valeur de six cents francs.

Art. 34. Ne sont admis, pour les concours, que des ouvrages et des planches manuscrits.

Art. 35. Les auteurs des ouvrages envoyés au concours ne mettent pas leurs noms à ces ouvrages, mais seulement une devise qu'ils répètent dans un billet cacheté, renfermant leur nom et leur adresse.

Ceux qui se font connaître de quelque manière que ce soit, ainsi que ceux dont les mémoires sont remis après le terme prescrit, sont absolument exclus du concours.

Art. 36. Aucun des académiciens ne peut concourir

pour les prix fondés en faveur de ceux qui, au jugement de la compagnie, ont satisfait le mieux aux questions proposées; au surplus, aucun des membres ne peut donner des instructions à ceux qui concourent pour les mêmes prix.

Art. 37. Les mémoires qu'on destine au concours, doivent être écrits en caractères lisibles, en langue latine, française, flamande ou hollandaise, et être adressés au secrétaire de l'Académie.

Art. 38. Les académiciens qui ont donné le programme des questions proposées pour les prix annuels, sont les premiers examinateurs des ouvrages qui ont concouru, et ils en font un rapport détaillé et par écrit, qui est lu dans une séance de l'Académie et exposé avec ces ouvrages jusqu'à l'assemblée du mois de mai, à l'examen et aux observations de tous les membres, afin que les prix soient adjugés en entière connaissance de cause, à la pluralité des voix de tous les académiciens présents : on peut aussi accorder un accessit à un second mémoire, qui, au jugement de la compagnie, aura mérité cette distinction ; et, si aucun des mémoires présentés ne remplit les vues de l'assemblée, le prix peut être remis à une autre année.

Finances.

Art. 39. Les finances de l'Académie sont gérées par une commission administrative, dont les membres sont élus annuellement à l'époque de la séance générale.

Art. 40. La commission administrative est chargée de régler ce qui concerne les impressions.

Art. 41. A la fin de l'année, les comptes de chaque classe sont vérifiés par une commission spéciale composée de cinq membres pris dans la classe.

Art. 42. Les commissions spéciales, après avoir arrêté les comptes de la commission administrative, font connaître à chaque classe, dans la séance suivante, l'état des dépenses et des recettes pendant l'année écoulée.

Bibliothèque. — Archives.

Art. 43. Les ouvrages qui appartiennent à l'Académie sont déposés, après inventaire, à la bibliothèque de ce corps.

Art. 44. Les registres, titres et papiers concernant chaque classe de l'Académie demeurent toujours entre les mains du secrétaire, à qui ils sont remis, accompagnés d'inventaires, que les directeurs font rédiger et qu'ils signent à la fin de chaque année; au surplus, les directeurs font aussi, tous les ans, le récolement des pièces qui sont annotées dans cet inventaire, dans lequel ils font insérer, en même temps, tout ce qui est présenté durant l'année.

Dispositions particulières.

Art. 45. L'Académie examine, lorsque le Gouvernement le juge convenable, les projets qui peuvent intéresser les sciences, les lettres et les beaux-arts.

Art. 46. L'Académie peut nommer, quand elle le juge convenable, sous l'approbation du Gouvernement, un ou plusieurs de ses membres, pour faire un voyage scientifique, littéraire ou artistique, et elle leur donne des instructions sur les objets dont ils auront principalement à s'occuper.

Art. 47. Toutes les dispositions antérieures, relatives aux matières prévues par le présent règlement, sont et demeurent abrogées.

Règlement intérieur de la Classe des sciences (1).

1. Les deux sections de la classe des sciences, celle des sciences mathématiques et celle des sciences naturelles, se composent, chacune, d'un même nombre de membres.

2. En cas de vacance dans une section, un membre de l'autre section peut y être admis du consentement de la classe. L'Académicien doit en avoir exprimé la demande par écrit, avant que la liste de présentation ait été arrêtée pour la section où la place est devenue vacante.

3. Le bureau se compose du directeur, du vice-directeur et du secrétaire perpétuel.

4. La séance, quel que soit le nombre des membres présents, s'ouvre à l'heure précise, indiquée sur la carte de convocation.

5. En cas d'absence du directeur et du vice-directeur, le fauteuil est occupé par le plus ancien membre de la classe.

Lorsque plusieurs membres ont été élus dans la même séance, l'âge détermine leur rang d'ancienneté dans la liste des membres.

6. Le directeur peut admettre à la séance des savants de distinction, étrangers au pays.

7. Le directeur donne lecture de l'ordre du jour, immédiatement après l'adoption du procès-verbal.

Ne sont admis, pour être lus en séance, que les écrits dont

(1) Adopté par arrêté royal du 23 janvier 1847.

la rédaction est entièrement achevée et qui sont indiqués à l'ordre du jour.

8. Quand un écrit est accompagné de planches, l'auteur en prévient le secrétaire perpétuel. L'impression du texte et la gravure des planches sont votées séparément.

En cas de disjonction, l'auteur peut s'opposer à l'impression de son travail.

9. Si une planche doit occasionner des dépenses extraordinaires, ou si plusieurs planches sont jointes à une notice, le vote pour l'impression est différé ; et, à la séance suivante, le secrétaire présente un devis des frais qui seront occasionnés par la gravure ou la lithographie.

10. Le bureau juge quels sont, parmi les mémoires reçus pour l'impression, ceux qui doivent être imprimés les premiers.

Il a égard: 1° à la date de la présentation du mémoire; 2° aux frais qui seront occasionnés par la publication; 3° à ce que les différentes branches dont s'occupe la classe, soient représentées dans ses publications.

La décision du bureau est rendue exécutoire par la sanction de la classe.

11. Les opinions des commissaires sont signées par eux, et restent annexées au mémoire examiné.

Elles sont communiquées en temps utile au premier commissaire, qui fera fonction de rapporteur.

12. La classe ne fait pas de rapport sur les ouvrages déjà livrés à la publicité.

Sont exceptés les ouvrages sur lesquels le Gouvernement demande l'avis de la classe.

13. La classe ne délibère que sur des propositions écrites et signées.

La délibération sur une proposition réglementaire n'a lieu que dans la séance qui suit celle de la présentation.

Toute proposition que la classe n'a pas prise en considération ou qu'elle a écartée après discussion, ne peut être représentée dans le cours de l'année académique.

14. La présentation pour les places vacantes est faite par la section.

La section ne délibère sur l'admission d'aucun candidat, s'il n'a été présenté par deux membres au moins. Les présentations indiquent les titres des candidats.

15. La classe met annuellement au concours six questions. Chaque section en propose trois.

16. Quand la classe se constitue en comité secret, elle se compose de ses membres seulement.

Le comité secret est de rigueur :

1° Pour la présentation et l'élection aux places vacantes;

2° Pour la discussion des articles réglementaires;

3° Pour la formation des programmes et le jugement des concours.

Sont toutefois admis au comité secret les associés, les académiciens des deux autres classes, ainsi que les correspondants de la classe des sciences, lorsqu'ils ont été désignés pour faire partie du jury sur la proposition des commissaires.

17. Les pièces destinées à être lues en séance publique sont préalablement soumises à la classe.

Articles additionnels (1).

Art. 1er. L'élection du directeur et celle de membre de la commission administrative ont lieu à la majorité absolue des suffrages.

Si, après deux tours de scrutin, personne n'a obtenu la majorité, il est procédé à un ballottage entre les membres qui ont réuni le plus de voix.

En cas de parité de suffrages, après ce dernier scrutin, le plus ancien membre est élu.

Art. 2. Dans les scrutins qui seront ouverts pour l'élection des membres de la commission des finances ou de toute autre commission que la classe jugera à propos de nommer, le membre le plus ancien, en cas d'égalité de voix, sera toujours préféré.

(1) Adoptés par arrêté royal du 24 octobre 1849.

Règlement intérieur de la Classe des lettres (1).

1. La séance commence à l'heure précise, indiquée sur la carte de convocation, quel que soit le nombre des membres présents.

2. En cas d'absence du directeur et du vice-directeur, le fauteuil est occupé par le plus ancien membre de la classe.

3. Le directeur peut admettre à la séance des savants, des littérateurs et des personnages de distinction, étrangers au pays.

4. Le directeur donne lecture de l'ordre du jour, immédiatement après l'adoption du procès-verbal.

Cet ordre du jour, quant aux mémoires et notices, est réglé par la date de leur dépôt entre les mains du secrétaire.

Ne sont admis, pour être lus dans la séance, que les mémoires et notices entièrement achevés et indiqués à l'ordre du jour.

5. Quand des planches devront être jointes à un travail, l'auteur en préviendra la classe. L'impression de la notice et la gravure des planches sont votées séparément.

6. Si une planche doit donner lieu à des dépenses extraordinaires ou si plusieurs planches sont jointes à une notice, la publication en est différée, et le secrétaire présente à la séance suivante un devis des frais qui seront occasionnés par la gravure ou la lithographie.

(1) Adopté par arrêté royal du 26 janvier 1847.

7. Le bureau juge quels sont, parmi les mémoires reçus pour l'impression, ceux qui doivent être publiés les premiers. Il a égard : 1° à la date de la présentation du mémoire; 2° aux frais qui seront nécessités par la publication; 3° à ce que les différentes matières dont s'occupe la classe soient représentées dans ses recueils.

8. Les mémoires modifiés (art. 22 du règlement général) portent, avec la date de leur présentation, celle de l'époque où les modifications ont été faites.

9. Les rapports faits à la classe sont signés par leurs auteurs.

Le rapport de chaque commissaire reste annexé au mémoire examiné.

10. La classe ne délibère que sur des propositions écrites et signées.

La délibération sur une proposition réglementaire n'a lieu que dans la séance qui suit celle de la présentation.

11. La classe, dans ses nominations, veille à ce que les différentes matières dont elle s'occupe soient, autant que possible, représentées. Ces matières sont :

1° Histoire et antiquités nationales;

2° Histoire générale et archéologie;

3° Langues anciennes, littératures française et flamande;

4° Sciences philosophiques;

5° Législation, droit public et jurisprudence;

6° Économie politique et statistique.

12. Les présentations pour les places vacantes sont faites collectivement par un comité de trois personnes nommées au scrutin secret dans la séance précédente, comité auquel s'adjoint le bureau.

La classe ne délibère sur l'admission d'aucun candidat,

à moins que deux membres n'aient demandé par écrit que son nom soit porté sur la liste des candidats.

13. La classe met annuellement au concours six questions sur les matières indiquées à l'art. 11.

14. Quand la classe se constitue en comité secret, elle se compose de ses membres seulement.

Le comité secret est de rigueur :

1° Pour la présentation et l'élection aux places vacantes;

2° Pour la discussion des articles réglementaires;

3° Pour la formation des programmes et le jugement des concours.

Sont toutefois admis au comité secret les associés, les académiciens des deux autres classes, ainsi que les correspondants, lorsqu'ils ont été désignés pour faire partie du jury du concours.

15. Les pièces destinées à être lues en séance publique sont préalablement soumises à la classe.

16. La classe ne fait pas de rapport sur les ouvrages déjà livrés à la publicité.

Sont exceptés les ouvrages sur lesquels le Gouvernement demande l'avis de la classe.

17. Lorsque l'Académie aura pris une décision d'après un rapport rédigé par un ou plusieurs de ses commissaires, il ne sera plus permis de changer la rédaction de ce rapport.

18. Tous les deux ans, et dans l'ordre déterminé par le sort, chacun des membres ou correspondants communiquera à la classe un travail inédit, dont la lecture ne dépassera pas la durée d'une heure.

Ces lectures seront réparties entre les séances de manière qu'il n'y en ait jamais plus de deux par jour.

Les lectures obligatoires n'excluent pas les autres lectures.

Le bureau avertira deux mois à l'avance chaque membre ou correspondant de l'époque où il est appelé à communiquer son travail.

La convocation fera mention, pour chaque séance, des lectures qui seront faites en vertu de la présente disposition, du sujet des travaux qui seront lus et du nom des auteurs.

Articles additionnels (1).

Art. 1er. L'élection du directeur et celle de membre de la commission administrative ont lieu à la majorité absolue des suffrages.

Si, après deux tours de scrutin, personne n'a obtenu la majorité, il est procédé à un ballottage entre les membres qui ont réuni le plus de voix.

En cas de parité de suffrages, après ce dernier scrutin, le plus ancien membre est élu.

Art. 2. Dans les scrutins qui seront ouverts pour l'élection des membres de la commission des finances ou de toute autre commission que la classe jugera à propos de nommer, le membre le plus ancien, en cas d'égalité de voix, sera toujours préféré.

(1) Adoptés par arrêté royal du 23 mars 1849.

Règlement intérieur de la classe des beaux-arts (1).

1. La séance commence à l'heure précise indiquée sur la carte de convocation, quel que soit le nombre de membres présents.

2. La liste de présence est retirée une demi-heure après l'ouverture de la séance. Les inscriptions ne sont plus admises, sinon pour des motifs valables et soumis à l'appréciation du bureau.

3. En cas d'absence du directeur et du vice-directeur, le fauteuil est occupé par le plus ancien membre de la classe. Quand l'ancienneté est la même, le fauteuil est occupé par le plus âgé des membres.

4. Le directeur fait connaître l'ordre du jour immédiatement après la lecture du procès-verbal.

5. On n'admet pour la lecture que les notices entièrement achevées et indiquées à l'ordre du jour.

6. Quand une notice est accompagnée de planches, l'auteur en prévient la classe. L'impression de la notice et la gravure des planches sont votées séparément.

7. Si une planche doit occasionner des dépenses extraordinaires, ou si plusieurs planches sont jointes à une notice, la publication en est différée, et le secrétaire présente à la séance suivante un devis des frais qui seront occasionnés par la gravure ou la lithographie.

(1) Adopté par arrêté royal du 27 octobre 1846.

8. Le bureau juge quels sont, parmi les mémoires reçus pour l'impression, ceux qui doivent être publiés les premiers.

Il a égard : 1° à la date de la présentation du travail ; 2° aux frais qui seront occasionnés par la publication ; 3° à ce que les différentes branches dont s'occupe la classe soient représentées dans ses mémoires.

9. Les mémoires modifiés (art. 22 du règlement général) portent la date de l'époque où les modifications ont été faites.

10. Les rapports faits à la classe sont signés par les auteurs.

Ils auront dû être communiqués, en temps utile, au rapporteur.

11. La classe ne délibère que sur des propositions écrites et signées.

La délibération sur une proposition réglementaire n'a lieu que dans la séance qui suit celle de la présentation.

12. La présentation pour les places vacantes est faite par le bureau, qui s'adjoint la section dans laquelle la place est vacante.

En outre, la classe ne délibère sur l'admission d'aucun candidat, à moins que deux membres ne l'aient présenté officiellement.

13. La classe des beaux-arts met annuellement au concours quatre questions, à savoir :

Une sur la peinture ou sur la gravure en taille-douce ;

Une sur la sculpture ou sur la gravure en médailles ;

Une sur l'architecture ;

Une sur la musique.

Il est entendu qu'il y a un roulement qui permet de représenter successivement les différentes parties des beaux-arts correspondantes aux quatre divisions précédentes.

14. Quand la classe se constitue en comité secret, elle se compose de ses membres seulement.

Le comité secret est de rigueur :

1° Pour la présentation et l'élection aux places vacantes;

2° Pour la discussion des articles réglementaires;

3° Pour le jugement des concours.

Sont toutefois admis au comité secret, les associés, les académiciens des deux autres classes, ainsi que les correspondants de la classe des beaux-arts, lorsqu'ils ont été désignés pour faire partie du jury.

15. Les pièces destinées à être lues en séance publique sont préalablement soumises à la classe.

Règlement de la Bibliothèque de l'Académie.

(7 MAI 1850.)

ART. 1er. La bibliothèque est placée sous la surveillance et la direction de la commission administrative de l'Académie.

La conservation du dépôt est confiée au secrétaire perpétuel (1).

ART. 2. Les ouvrages qui appartiennent à l'Académie sont estampillés sur le titre, inscrits au catalogue et déposés à la bibliothèque.

L'annonce du dépôt se fait par la voie du *Bulletin de l'Académie.*

ART. 3. Les ouvrages nouvellement reçus sont déposés à l'époque des séances mensuelles des trois classes, pour pouvoir être examinés par les membres, et ne sont prêtés qu'après que cette inspection aura pu avoir lieu.

ART. 4. Tous les ouvrages de la bibliothèque sont, autant que possible, reliés.

(1) Dans la séance du 5 juillet 1856, la commission administrative a décidé que la Bibliothèque serait ouverte le lundi et le jeudi de chaque semaine, de midi à 4 heures, sauf les jours fériés et pendant les vacances académiques. Cette décision a été modifiée par l'assemblée générale de 1858 : elle a décidé que la bibliothèque ne serait plus ouverte qu'un jour par semaine, le jeudi.

Ils portent, sur la couverture, une marque distinctive indiquant qu'ils appartiennent à l'Académie royale de Belgique.

Art. 5. Le conservateur et les employés sont exclusivement chargés de rechercher les objets que les membres désirent consulter.

Art. 6. Les livres et autres objets sont prêtés contre reçu : on ne peut les garder pendant plus de trois mois; ceux qui seraient demandés, par un autre membre, seront restitués dans le mois de la demande.

Art. 7. Nul ne peut être détenteur de plus de dix volumes ou brochures à la fois.

Art. 8. La commission administrative peut, en tout temps, faire rentrer les objets empruntés à la bibliothèque.

Art. 9. Il est tenu un registre sur lequel sont indiqués la date de la sortie, celle de la rentrée, le nom de l'emprunteur et l'état dans lequel rentrent les objets prêtés.

Art. 10. Quiconque perd ou détériore un objet appartenant à la bibliothèque est tenu de le remplacer à ses frais.

Art. 11. L'on ne peut être admis à emprunter des objets appartenant à la bibliothèque qu'en se conformant aux dispositions du présent règlement.

Local provisoire destiné à l'Académie (1).

Arrêté royal.

LÉOPOLD, ROI DES BELGES,

A TOUS PRÉSENTS ET A VENIR, SALUT.

Sur le rapport de Notre Ministre de l'intérieur,

NOUS AVONS ARRÊTÉ ET ARRÊTONS :

ART. 1er. En attendant qu'il puisse être construit un local spécial pour l'Académie royale des sciences, des lettres et des beaux-arts de Belgique, il lui sera assigné un local provisoire dans les bâtiments de l'Ancienne Cour.

ART. 2. La salle des séances publiques de l'Académie sera ornée des bustes des souverains fondateurs et protecteurs de cette institution, de ceux des Belges qui se sont illustrés dans la carrière des sciences, des lettres et des arts, ainsi que des académiciens décédés, qui ont doté le pays d'ouvrages importants.

ART. 3. Le Gouvernement fera exécuter, à ses frais, un ou deux bustes par an.

ART. 4. Notre Ministre de l'intérieur est chargé de l'exécution du présent arrêté.

Donné à Laeken, le 1er décembre 1845.

LÉOPOLD.

PAR LE ROI :

Le Ministre de l'intérieur,

SYLVAIN VAN DE WEYER.

(1) En vertu d'une décision récemment prise de commun accord par le Gouvernement et l'Académie, cette dernière doit être définitivement installée, en 1861, dans le palais ducal.

Travaux spéciaux de l'Académie. — Adjonction de savants et de littérateurs.

Rapport au Roi.

SIRE,

Votre Majesté vient de réorganiser l'Académie des sciences, des lettres et des beaux-arts de Belgique, et Elle a déterminé quelles seraient ses publications.

Ces publications comprennent les mémoires des membres, des associés, des correspondants; les mémoires couronnés et ceux des savants étrangers.

Ce cadre, Sire, est assez vaste, et, à en juger par le passé, l'Académie continuera à fournir dignement son contingent à notre édifice littéraire et scientifique.

Mais indépendamment de ces travaux, il en est d'autres, d'une haute importance, qui exigent le concours et les lumières d'un grand nombre de personnes. Tels seraient :

Une biographie nationale;

Une collection des grands écrivains du pays, avec traductions, notices, etc.;

Enfin, la publication des anciens monuments de la littérature flamande.

J'ai l'honneur de proposer à Votre Majesté de confier ces travaux à l'Académie, qui sera autorisée à s'adjoindre des savants et des littérateurs pris en dehors de son sein. Flattée de ce nouveau témoignage de la confiance du Gouvernement de Votre Majesté en ses lumières et en son zèle, elle y répondra dignement, et elle acquerra de nouveaux droits à la reconnaissance du pays, à l'estime du monde savant.

Le Ministre de l'intérieur,

SYLVAIN VAN DE WEYER.

Arrêté royal.

LÉOPOLD, Roi des Belges,

A TOUS PRÉSENTS ET A VENIR, SALUT.

Sur le rapport de Notre Ministre de l'intérieur,

Nous avons arrêté et arrêtons :

Art. 1er. L'Académie royale des sciences, des lettres et des beaux-arts de Belgique sera successivement chargée des travaux suivants :

1° D'une biographie nationale ;

2° D'une collection des grands écrivains du pays, avec traductions, notices, etc. ;

3° De la publication des anciens monuments de la littérature flamande.

Art. 2. L'Académie soumettra à la sanction du Gouvernement les mesures d'exécution de ces travaux.

Art. 3. Notre Ministre de l'intérieur est chargé de l'exécution du présent arrêté.

Donné à Laeken, le 1er décembre 1845.

LÉOPOLD.

Par le Roi :
Le Ministre de l'intérieur,
Sylvain Van de Weyer.

Publication d'une biographie nationale.

LE MINISTRE DE L'INTÉRIEUR,

Vu l'arrêté royal du 1er décembre 1845, portant que l'Académie royale des sciences, des lettres et des beaux-arts de Belgique sera chargée de la rédaction d'une *Biographie nationale* et qu'elle soumettra à la sanction du Gouvernement les mesures d'exécution de ce travail;

Vu le projet adopté en conséquence par l'Académie, dans sa séance générale du 10 mai 1860;

ARRÊTE :

ART. 1er. L'Académie royale des sciences, des lettres et des beaux-arts est chargée de la rédaction et de la publication d'une *Biographie nationale*.

ART. 2. Elle institue à cet effet une commission de quinze membres qui sont élus, en nombre égal de cinq, par chacune des trois classes, au scrutin secret et à la majorité des suffrages.

Tous les six ans, chaque classe sera appelée à réélire ou à remplacer les membres de la commission.

La commission nomme dans son sein un président et un secrétaire.

ART. 3. La commission peut s'associer, pour le travail de rédaction, les autres membres de l'Académie.

Elle est autorisée aussi à y faire concourir des savants et des littérateurs du pays qui n'appartiennent pas à la Compagnie.

ART. 4. La commission dresse préalablement une liste alphabétique, aussi complète que possible, de tous les hommes remarquables, à quelque titre que ce soit, qui lui paraissent dignes de prendre place dans la *Biographie nationale*.

Ne pourront être compris dans cette liste que des personnages décédés depuis dix ans au moins.

ART. 5. Cette liste est imprimée et rendue publique par la voie du *Moniteur*.

ART. 6. La commission revoit et approuve la rédaction des notices, avant de les livrer à l'impression.

Elle peut en limiter l'étendue d'après les convenances de la publication et selon l'importance relative des personnages.

Les révisions sont communiquées à l'auteur de la notice avant la publication.

Chaque notice porte la signature de celui qui en est l'auteur.

ART. 7. La commission fait un rapport annuel au Ministre sur l'état de ses travaux. Elle en donne aussi annuellement connaissance à l'assemblée générale de l'Académie.

ART. 8. La *Biographie nationale* sera publiée dans le format in-8°, par volume de cinq cents pages au moins.

ART. 9. Une indemnité par feuille d'impression, à fixer ultérieurement, sera accordée aux auteurs des notices biographiques.

ART. 10. Les membres de la commission qui ne résident pas à Bruxelles recevront une indemnité de déplacement, chaque fois que la commission se réunira en dehors des jours ordinaires de la séance académique.

ART. 11. Une allocation spéciale sera mise à la disposition de l'Académie, afin de l'aider à pourvoir aux dépenses qui résulteront de l'exécution du présent arrêté.

Bruxelles, le 29 mai 1860.

CH. ROGIER.

PRIX QUINQUENNAUX D'HISTOIRE, DE LITTÉRATURE ET DE SCIENCES.

Prix quinquennal d'histoire.

Rapport au Roi.

Sire,

Les études historiques sont cultivées en Belgique avec une espèce de prédilection. Il est permis de croire que l'action du Gouvernement n'est pas restée étrangère à ce fait et qu'il y a, au contraire, puissamment contribué. Ainsi la recherche et la publication des chroniques belges inédites, les soins donnés à la mise en ordre des dépôts des archives nationales, la publication des inventaires des archives, la création de la bibliothèque royale, les encouragements accordés aux bibliothèques communales et aux sociétés littéraires ou savantes locales, toutes ces mesures ont incontestablement servi à répandre et à faciliter la connaissance des sources historiques.

Naguère Votre Majesté a donné une preuve de sa sollicitude pour les travaux historiques, en instituant un prix spécial de trois mille francs en faveur de l'auteur de la meilleure histoire du règne des archiducs Albert et Isabelle.

J'ai l'honneur, Sire, de proposer à Votre Majesté une nouvelle mesure qui, j'ose le croire, sera accueillie avec faveur par le public savant : c'est l'institution d'un prix quinquennal en faveur du meilleur ouvrage sur l'histoire du pays, qui sera publié durant chaque période de cinq années.

L'expérience prouve, Sire, qu'on obtient souvent, en laissant à chacun sa liberté d'action, des résultats plus satisfaisants qu'en traçant d'avance le cadre d'un travail. Ici, aucun point historique n'est désigné de préférence à un autre. Tout savant traitera le sujet vers lequel il se sentira attiré : tel cherchera à éclaircir les points encore obscurs de la constitution primitive de notre nationalité ; tel racontera nos luttes et nos dissensions au moyen âge ; tel autre enfin rapportera les événements qui, pour être plus récents, ne sont cependant qu'imparfaitement connus. L'érudition, la critique, le style, trouveront à la fois l'occasion de se produire et d'être appréciés.

Déjà plus d'une fois, Sire, l'idée de cette mesure a été suggérée. La meilleure occasion de la réaliser me semble être la réorganisation de l'Académie. C'est donc avec confiance que je soumets à Votre Majesté le projet d'arrêté ci-joint.

Le Ministre de l'intérieur,
SYLVAIN VAN DE WEYER.

———

Arrêté royal.

LÉOPOLD, Roi des Belges,

a tous présents et a venir, salut.

Voulant donner un nouveau témoignage de Notre haute sollicitude pour les travaux relatifs à l'histoire de la Belgique, et exciter, en même temps, le zèle et l'émulation des savants qui se livrent à ces travaux;

Sur le rapport de Notre Ministre de l'intérieur,

Nous avons arrêté et arrêtons :

Art. 1er. Il est institué un prix quinquennal de cinq mille francs, en faveur du meilleur ouvrage sur l'histoire du pays qui aura été publié par un auteur belge, durant chaque période de cinq ans.

Art. 2. Il sera affecté, pour la formation de ce prix, un subside annuel de mille francs sur les fonds alloués au budget en faveur des lettres et des sciences.

Art. 3. La classe des lettres de l'Académie royale des sciences, des lettres et des beaux-arts de Belgique, soumettra à la sanction du Gouvernement un projet de règlement, qui déterminera les conditions auxquelles le prix sera décerné, et le mode qui sera observé pour le jugement des ouvrages.

Art. 4. Notre Ministre de l'intérieur est chargé de l'exécution du présent arrêté.

Donné à Laeken, le 1er décembre 1845.

LÉOPOLD.

Par le Roi :
Le Ministre de l'intérieur,
Sylvain Van de Weyer.

Règlement pour le prix quinquennal d'histoire (1).

Art. 1er. La première période de cinq années prend cours du 1er janvier 1846, pour finir au 31 décembre 1850.

Art. 2. Tout ouvrage sur l'histoire nationale écrit en français, en flamand ou en latin, et publié en Belgique, sera admis au concours, s'il est entièrement achevé et si l'auteur est belge de naissance ou naturalisé.

Art. 3. Les ouvrages dont il n'aurait été publié qu'une partie, antérieurement au 1er janvier 1846, seront admis au concours après leur achèvement.

Art. 4. L'édition nouvelle d'un ouvrage ne donnera pas lieu à l'admission de celui-ci, à moins qu'il n'ait subi des changements ou des augmentations considérables.

Art. 5. Le jugement est attribué à un jury de sept membres, nommé par le Roi sur une liste double de présentation faite par la classe des lettres (2).

Cette nomination aura lieu au moins un mois avant l'expiration de chaque période quinquennale.

Art. 6. Les ouvrages des membres du jury ne peuvent faire l'objet de son examen.

Art. 7. Le jugement du jury sera proclamé dans la séance publique de la classe des lettres qui suivra la période quinquennale.

(1) Approuvé par arrêté royal du 26 décembre 1848.

(2) La rédaction primitive de cet article a été modifiée conformément au second § de l'art. 5 de l'arrêté royal du 29 novembre 1851. (Voyez page 60.)

Prix quinquennaux de littérature et de sciences.

Rapport au Roi.

Sire,

Lorsque, en 1845, Votre Majesté donna de nouveaux statuts à l'Académie de Belgique, Elle rattacha à cette réorganisation l'institution d'un prix de cinq mille francs en faveur du meilleur ouvrage sur l'histoire du pays, qui serait publié durant chaque période de cinq années.

La fondation de ce prix quinquennal a été accueillie avec faveur. Tout ce qui peut tendre à encourager et à propager l'étude sérieuse de l'histoire nationale mérite au plus haut degré la sollicitude du Gouvernement. Quelle que soit cependant son importance, l'histoire nationale ne forme pas seule le domaine intellectuel d'un peuple. Les lettres et les sciences, dans leurs nombreuses subdivisions, y occupent une large place. Or, les travaux littéraires et scientifiques proprement dits sont dignes aussi des encouragements de l'État. Il lui appartient de contribuer, par tous les moyens dont il dispose, au progrès des diverses branches des connaissances humaines. Les lettres et les sciences ont pris d'ailleurs, en Belgique, un essor assez remarquable pour appeler l'attention prévoyante du gouvernement.

Je crois le moment venu de proposer à Votre Majesté de fonder cinq autres prix quinquennaux en faveur des meilleurs ouvrages qui auront été publiés, en Belgique, par des auteurs belges, et qui se rattacheront à l'une des catégories suivantes :

1° Sciences morales et politiques;
2° Littérature française;
3° Littérature flamande;
4° Sciences physiques et mathématiques;
5° Sciences naturelles.

L'adjonction de la première catégorie se justifie par la tendance sérieuse de la plupart des travaux publiés par des auteurs belges. Il est incontestable que, après l'histoire nationale, c'est vers les sciences morales et politiques que se porte, de préférence, l'activité de nos écrivains. Cette prédilection est favorisée par le caractère éminemment libéral des institutions du pays. Aussi Votre Majesté a-t-elle cru nécessaire de rattacher, en 1845, les sciences morales et politiques aux autres attributions de la classe des lettres de l'Académie. L'institution d'un prix spécial sera sans doute accueillie avec gratitude par les esprits d'élite qui se sentent attirés vers l'étude de la philosophie, de la morale, de l'économie politique, de l'histoire générale, de la législation ancienne et moderne.

La littérature française et la littérature flamande, dans leurs formes diverses, seront également encouragées par des prix spéciaux. Quelle que soit la forme adoptée par les écrivains, quel que soit aussi le caractère de leurs œuvres, la palme sera naturellement accordée à celui qui, au mérite du fond, aura su joindre les plus grandes qualités du style.

Le Gouvernement ne doit pas moins favoriser les efforts si utiles de ceux qui se livrent avec persévérance et avec succès à l'étude des sciences proprement dites. Il est équitable aussi de placer sur la même ligne les sciences naturelles et les sciences mathématiques et physiques.

Les principes, qui ont servi de base au règlement pour le prix quinquennal d'histoire, sont conservés. Le Gouvernement se réserve, en outre, l'approbation des dispositions réglementaires qui lui seront soumises pour la composition des jurys et pour le jugement des ouvrages.

Cependant, Sire, il m'a paru nécessaire de stipuler que si aucun des ouvrages publiés durant la période quinquennale n'est jugé digne d'obtenir le prix intégralement, il pourra être fait des propositions au Gouvernement pour la répartition de la somme entre les ouvrages qui se seront le plus rapprochés des conditions requises pour l'allocation du grand prix. Cette modification n'a pas seulement pour but d'empêcher que le jury ne couronne des ouvrages médiocres, à défaut d'œuvres remarquables; elle doit encore avoir pour effet d'encourager des travaux qui, sans être réellement hors ligne, approcheraient cependant d'un certain degré de perfection.

Les dispositions que j'ai l'honneur de soumettre à Votre Majesté, assureront aux allocations votées pour l'encouragement des lettres et des sciences, une destination impartiale et élevée, et en les sanctionnant, Votre Majesté donnera un nouveau témoignage de sa sollicitude pour les intérêts moraux de la nation.

Le Ministre de l'intérieur,

Ch. Rogier.

Arrêté royal.

LÉOPOLD, Roi des Belges,

A TOUS PRÉSENTS ET A VENIR, SALUT.

Revu Notre arrêté du 1er décembre 1845, instituant un prix quinquennal de cinq mille francs, en faveur du meilleur ouvrage sur l'histoire du pays qui aura été publié par un auteur belge, durant chaque période de cinq ans;

Revu Notre arrêté du 26 décembre 1848 qui approuve le règlement proposé par la classe des lettres de l'Académie royale de Belgique, pour ledit concours;

Sur le rapport de Notre Ministre de l'intérieur,

Nous avons arrêté et arrêtons :

Art. 1er. Indépendamment du prix fondé par l'arrêté précité, il est institué cinq prix quinquennaux, de cinq mille francs chacun, en faveur des meilleurs ouvrages qui auront été publiés, en Belgique, par des auteurs belges, et qui se rattacheront à l'une des catégories suivantes :

1° Sciences morales et politiques;

2° Littérature française;

3° Littérature flamande;

4° Sciences physiques et mathématiques;

5° Sciences naturelles.

Art. 2. Le jugement des ouvrages est attribué à des jurys de sept membres, nommés par Nous, sur la proposition, à savoir : pour les trois premières catégories, par la classe des lettres; et pour les deux autres catégories, par la classe des sciences de l'Académie royale de Belgique.

Art. 3. Chaque classe soumettra à la sanction du Gouvernement un projet de règlement qui déterminera, conformément aux principes posés dans le règlement pour le prix quinquennal d'histoire, les conditions auxquelles les prix seront décernés, et le mode qui sera observé pour la composition du jury et pour le jugement des ouvrages.

Art. 4. Les deux classes proposeront de commun accord l'ordre dans lequel seront appelées les différentes catégories désignées ci-dessus, de telle sorte que la première période quinquennale finisse le 31 décembre 1851.

Art. 5. Si aucun ouvrage n'est jugé digne d'obtenir le prix intégral, il pourra être fait des propositions au Gouvernement pour la répartition de la somme entre les ouvrages qui se seront le plus rapprochés des conditions requises pour l'allocation du grand prix.

Art. 6. L'article 2 de Notre arrêté précité du 1er décembre 1845, est rapporté.

Art. 7. Notre Ministre de l'intérieur est chargé de l'exécution du présent arrêté.

Donné à Laeken, le 6 juillet 1851.

LÉOPOLD.

Par le Roi :

Le Ministre de l'intérieur,

Ch. Rogier.

Règlement pour les prix quinquennaux de littérature et de sciences.

Rapport au Roi.

Sire,

Par arrêté du 6 juillet 1851, Votre Majesté a institué cinq prix quinquennaux, de 5,000 francs chacun, en faveur des meilleurs ouvrages qui auront été publiés en Belgique, par des auteurs belges, et qui se rattacheront à l'une des catégories suivantes : sciences morales et politiques; littérature française; littérature flamande; sciences physiques et mathématiques; sciences naturelles.

Votre Majesté s'était réservé l'approbation des dispositions réglementaires qui lui seraient soumises pour la composition des jurys, le jugement des ouvrages et l'ordre dans lequel seront appelées les différentes branches énoncées ci-dessus.

Une commission mixte, qui représentait la classe des sciences et la classe des lettres de l'Académie, a été chargée d'élaborer le règlement pour les prix quinquennaux. Le travail de cette commission a été ensuite adopté par les deux classes.

Ce projet reproduit, autant que la différence des matières le permettait, les dispositions et les termes du règlement du 26 décembre 1848, pour le prix quinquennal d'histoire.

Toutefois, l'Académie a pensé qu'il serait convenable que la nomination des jurys se fît sur une liste double de présentation. Ce principe devra être appliqué aussi à la composition du jury chargé de décerner le prix quinquennal d'histoire.

L'Académie aurait désiré pouvoir stipuler que les jurys seront invariablement composés, pour une partie, de membres étrangers à la compagnie. Mais elle a été arrêtée par cette considération qu'une disposition tendant à limiter la part respective des candidats à élire, soit parmi les académiciens, soit parmi les personnes étrangères à la compagnie, aurait pour effet de rendre les choix plus difficiles, et peut-être même d'exclure du nombre des juges les personnes véritablement compétentes; ce cas pourrait surtout se présenter pour certaines branches des sciences. Il a donc paru plus sage de ne pas limiter les choix par une mesure restrictive.

Quant à l'ordre adopté pour les différentes catégories successivement appelées à concourir, il a été établi par ce motif que les *sciences naturelles* forment la partie qui comprend, en ce moment, le plus grand nombre de travaux importants et, en outre, parce qu'il convient de faire alterner autant que possible les deux classes de l'Académie pour les prix à décerner par leur intermédiaire.

D'après ces considérations, j'ai l'honneur de soumettre à l'approbation de Votre Majesté les dispositions réglementaires proposées par l'Académie.

Le Ministre de l'intérieur,
Ch. Rogier.

Arrêté royal.

LÉOPOLD, ROI DES BELGES,

A TOUS PRÉSENTS ET A VENIR, SALUT.

Vu Notre arrêté du 6 juillet 1851 qui institue cinq prix quinquennaux, etc.;

Vu les articles 2, 3 et 4, dont la teneur suit, etc.;

Vu le projet de règlement pour les prix quinquennaux, présenté par les classes des sciences et des lettres de l'Académie;

Sur la proposition de Notre Ministre de l'intérieur,

NOUS AVONS ARRÊTÉ ET ARRÊTONS :

RÈGLEMENT POUR LES PRIX QUINQUENNAUX.

ART. 1er. Les concours pour les prix quinquennaux se succèdent d'année en année, dans l'ordre suivant :

Sciences naturelles;

Littérature française;

Sciences physiques et mathématiques;

Littérature flamande;

Sciences morales et politiques.

La première période de cinq années finira le 31 décembre 1851, pour les sciences naturelles; le 31 décembre 1852 pour la littérature française, et ainsi de suite (1).

ART. 2. Tout ouvrage sur une des branches énoncées dans l'article précédent, est admis au concours s'il est publié en Belgique, s'il est entièrement achevé et si l'auteur est Belge de naissance ou naturalisé.

(1) Le prix quinquennal des *sciences morales et politiques* a été décerné, pour la période 1851-1855, en 1856; il pourra de nouveau être donné en 1861. Les autres prix reviendront aux époques suivantes : *sciences naturelles*, 1862; *littérature française*, 1863; *sciences physiques et mathématiques*, 1864; *littérature flamande*, 1865; *sciences morales et politiques*, 1866.

Les ouvrages sur les sciences pourront être écrits en français, en flamand ou en latin.

Art. 3. Quelle que soit l'époque de la publication des premières parties d'un ouvrage, il est admis au concours de la période dans laquelle a paru la dernière partie.

Art. 4. L'édition nouvelle d'un ouvrage ne donne pas lieu à l'admission de celui-ci, à moins qu'il n'ait subi des changements ou des augmentations considérables.

Art. 5. Le jugement est attribué à un jury de sept membres nommés par Nous sur une liste double de présentation, faite par la classe des sciences pour les sciences naturelles, ainsi que pour les sciences mathématiques et physiques; et par la classe des lettres pour la littérature française, pour la littérature flamande et pour les sciences morales et politiques.

A l'avenir, le jury pour le prix quinquennal d'histoire sera également nommé sur une liste double de présentation, faite par la classe des lettres.

Art. 6. Les ouvrages des membres du jury ne peuvent faire l'objet de son examen.

Art. 7. Le jugement du jury sera proclamé dans la séance publique de la classe sur la proposition de laquelle le jury aura été nommé.

Art. 8. Notre Ministre de l'intérieur est chargé de l'exécution du présent arrêté.

Donné à Bruxelles, le 29 novembre 1851.

LÉOPOLD.

Par le Roi :
Le Ministre de l'intérieur,
Ch. Rogier.

Arrêté royal.

LÉOPOLD, Roi des Belges,

A TOUS PRÉSENTS ET A VENIR, SALUT.

Vu Notre arrêté du 6 juillet 1851, qui, indépendamment du prix quinquennal d'histoire établi par l'arrêté royal du 1er décembre 1845, institue cinq prix quinquennaux de cinq mille francs chacun, en faveur des meilleurs ouvrages qui auront été publiés, en Belgique, par des auteurs belges et qui se rattacheront à l'une des catégories déterminées dans ledit arrêté :

1° Sciences morales et politiques;
2° Littérature française;
3° Littérature flamande;
4° Sciences physiques et mathématiques;
5° Sciences naturelles;

Vu les articles 2, 3 et 5, dont la teneur suit :

« Art. 2. Le jugement des ouvrages est attribué à des jurys » de sept membres, nommés par Nous, à savoir : pour les trois » premières catégories, sur la proposition de la classe des » lettres, et pour les deux autres catégories, sur la proposition » de la classe des sciences de l'Académie royale de Belgique.

» Art. 3. Chaque classe soumettra à la sanction du gou» vernement un projet de règlement qui déterminera, confor» mément aux principes posés dans le règlement pour le prix » quinquennal d'histoire, les conditions auxquelles les prix » seront décernés et le mode qui sera observé pour la com» position du jury et pour le jugement des ouvrages.

» Art. 5. Si aucun ouvrage n'est jugé digne d'obtenir le
» prix intégral, il pourra être fait des propositions au gou-
» vernement pour la répartition de la somme entre les ouvrages
» qui se seront le plus rapprochés des conditions requises pour
» l'allocation du grand prix.

Vu le règlement pour les prix quinquennaux, en date du 29 novembre 1851;

Considérant que l'expérience a prouvé la nécessité de compléter et de modifier, dans quelques-unes de leurs parties, l'arrêté et le règlement précité;

Vu les propositions faites par les classes des sciences et des lettres, en ce qui concerne ces modifications et ces additions;

Sur le rapport de Notre Ministre de l'intérieur,

Nous avons arrêté et arrêtons :

Art. 1er. Le jury chargé de juger le prix quinquennal ne pourra délibérer qu'au nombre de cinq membres.

Art. 2. Lorsqu'il aura pris connaissance des ouvrages soumis à son examen, il décidera si, parmi ces ouvrages, il en est un qui mérite le prix quinquennal à l'exclusion des autres, et lequel.

La question sera mise aux voix sans division.

Elle ne pourra être résolue affirmativement que par quatre voix au moins.

Aucun membre n'aura la faculté de s'abstenir de voter.

Art. 3. L'article 5 de l'arrêté royal du 6 juillet 1851 est rapporté.

Art. 4. Les dispositions qui précèdent et celles que renferme le règlement du 29 novembre 1851 sont applicables au prix quinquennal d'histoire institué par l'arrêté royal du 1er décembre 1845.

Art. 5. Notre Ministre de l'intérieur est chargé de l'exécution du présent arrêté.

Donné à Laeken, le 7 février 1859.

LÉOPOLD.

Par le Roi :

Le Ministre de l'intérieur,

Ch. Rogier.

Liste des prix quinquennaux décernés depuis dix ans.

(1851 - 1861.)

Prix quinquennal d'histoire. — 1re période (1846-1850), prix décerné à M. Kervyn de Lettenhove; 2me période (1851-1855), prix partagé entre MM. Th. Juste, A. Wauters, Mertens et Torfs.

Prix quinquennal des sciences naturelles. — 1re période (1847-1851), prix partagé entre MM. De Koninck, A. Dumont et Van Beneden; 2me période (1852-1856), prix partagé entre MM. Kickx, De Koninck, de Selys-Longchamps et Wesmael.

Prix quinquennal de littérature française. — 1re période (1848-1852), prix partagé entre MM. Baron, Moke et Weustenraad; 2me période (1853-1857), prix non décerné. (Disposition ministérielle portant que le prix pour la période finissant le 1er décembre 1863, embrassera par exception les dix années antérieures. Il sera décerné deux prix de 5,000 francs, l'un pour les ouvrages en prose et l'autre pour les ouvrages en vers.)

Prix quinquennal des sciences physiques et mathématiques. — 1re période (1849-1853), prix décerné à M. Plateau; 2me période (1854-1858), prix non décerné. (Une disposition ministérielle a consacré la somme de 5,000 francs à différents concours extraordinaires dont les sujets ont été indiqués par la classe des sciences, voir page 77.)

Prix quinquennal de littérature flamande. — 1re période (1850-1854), prix décerné à M. Conscience; 2me période (1855-1859), prix décerné à M. Van Duyse.

Prix quinquennal des sciences morales et politiques. — 1re période (1851-1855), prix partagé entre MM. Ducpetiaux, Brialmont, Thonissen et Vander Meersch; 2me période (1856-1860), sera décerné en mai 1861.

COMMISSION ROYALE D'HISTOIRE.

Organisation.

Arrêté royal (1).

LÉOPOLD, Roi des Belges,

A TOUS PRÉSENTS ET A VENIR, SALUT.

Considérant que tous les travaux qui ont pour objet de répandre des lumières sur l'histoire de la Belgique, méritent Notre sollicitude ;

Qu'ils doivent contribuer à la fois au développement du patriotisme et aux progrès des lettres;

Que, déjà, mû par ce motif, Nous avons ordonné la publication des catalogues des Archives de l'État et celles des documents intéressants pour l'histoire générale du royaume, qui existent tant dans ces Archives que dans les autres dépôts de titres du pays ;

Considérant que la mise au jour des chroniques belges inédites doit concourir puissamment au même but;

Sur le rapport de Notre Ministre de l'intérieur,

Nous avons arrêté et arrêtons :

Art. 1er. Une Commission est instituée à l'effet de rechercher et mettre au jour les chroniques belges inédites.

Cette Commission est composée de MM. le baron de Gerlache, de Ram, le baron de Reiffenberg, Dewez, Gachard, Warnkœnig et J.-F. Willems (2).

(1) Voyez, p. 67, les modifications apportées par l'arrêté royal du 1er décembre 1845.

(2) Voyez, p. 99, les membres qui composent actuellement la Commission.

Art. 2. La Commission sera installée par Notre Ministre de l'intérieur (1).

Elle s'occupera, dans ses premières séances, de la rédaction d'un plan pour ses travaux, qu'elle soumettra à l'approbation de Notredit Ministre.

Art. 3. Il sera mis à la disposition de la Commission, jusqu'à l'entier accomplissement de la tâche qui lui est confiée, une somme annuelle de cinq mille francs, destinée à couvrir les frais de toute nature qu'elle aura à supporter.

Cette somme sera prélevée sur le crédit alloué au budget du Département de l'intérieur, pour l'encouragement des sciences et des lettres.

La Commission rendra compte de son emploi, chaque année, à Notre Ministre de l'intérieur (2).

Art. 4. Nous nous réservons d'accorder aux membres de la Commission telles distinctions et récompenses dont Nous les aurons jugés dignes.

Art. 5. Notre Ministre de l'intérieur est chargé de l'exécution du présent arrêté, qui sera inséré au Bulletin officiel.

Donné à Bruxelles, le 22 juillet 1834.

LÉOPOLD.

Par le Roi :

Le Ministre de l'intérieur,

Ch. Rogier.

(1) La séance d'installation eut lieu le 4 août 1834, à l'hôtel du Ministère de l'intérieur.

(2) Un arrêté royal en date du 8 décembre 1837, ordonne la formation d'une liste chronologique des chartes, diplômes, lettres patentes et autres imprimés concernant l'histoire de Belgique, et alloue un subside annuel de 4,000 francs pour subvenir aux frais nécessités par ce travail. Le règlement pour la confection de cette liste a été adopté par arrêté ministériel du 16 novembre 1838.

Arrêté royal qui fait rentrer la Commission royale d'histoire dans le sein de l'Académie.

LÉOPOLD, ROI DES BELGES,

A TOUS PRÉSENTS ET A VENIR, SALUT.

Vu Notre arrêté de ce jour, portant réorganisation de l'Académie royale des sciences, des lettres et des beaux-arts de Belgique;

Revu Notre arrêté du 22 juillet 1834, instituant une Commission à l'effet de rechercher et de mettre au jour les chroniques belges inédites;

Sur le rapport de Notre Ministre de l'intérieur;

NOUS AVONS ARRÊTÉ ET ARRÊTONS :

ART. 1er. La Commission prérappelée, dans sa formation actuelle et avec son budget spécial, est maintenue.

Elle rentre dans le sein de l'Académie, et sa correspondance est soumise aux dispositions arrêtées pour cette compagnie.

Il en est de même de ses archives.

Ses publications serviront de complément à celles de l'Académie.

ART. 2. Notre Ministre de l'intérieur est chargé de l'exécution du présent arrêté.

Donné à Laeken, le 1er décembre 1845.

LÉOPOLD.

PAR LE ROI :

Le Ministre de l'intérieur,

SYLVAIN VAN DE WEYER.

Règlement intérieur de la Commission royale d'histoire (1).

Art. 1er. La Commission, composée de sept membres, nommés par le Roi, choisit dans son sein un président, un secrétaire et un trésorier.

Art. 2. Les membres de la Commission s'assemblent régulièrement à Bruxelles quatre fois l'an, dans les mois de janvier, avril, juillet et octobre, pour délibérer sur les matières soumises à leur examen, se concerter sur les publications qui font l'objet de leurs travaux d'après le plan approuvé par le Ministre de l'intérieur, conformément à l'art. 2 de l'arrêté royal du 22 juillet 1834, et s'aider mutuellement de leurs lumières et de leurs connaissances.

La Commission s'assemble extraordinairement, lorsque le président le juge convenable.

Art. 3. Le président met les matières en délibération, recueille les voix, et conclut au nom de la Commission.

En cas d'absence, il est remplacé par le doyen d'âge.

Art. 4. Il est publié un Compte rendu ou Bulletin des séances de la Commission, dans lequel sont rapportés les sujets dont elle s'est occupée, et les communications qu'elle a reçues, en tant que celles-ci concernent l'histoire de la Belgique.

Aucune communication ne peut toutefois y être insérée qu'après résolution prise par la Commission.

Le secrétaire est invité à continuer de placer, à la suite du compte rendu, un bulletin bibliographique, où seront

(1) Adopté par arrêté ministériel du 29 mars 1845.

mentionnées les publications relatives à l'histoire de la Belgique, faites dans le royaume et à l'étranger, mais sans y exprimer d'opinion sur le mérite de ces ouvrages.

Art. 5. La Commission étant instituée uniquement à l'effet de rechercher et de mettre au jour les chroniques belges inédites, les membres éditeurs s'abstiennent d'introduire dans les publications qui leur sont confiées des matières étrangères au contenu du texte principal de l'ouvrage.

Art. 6. Les règles de publication arrêtées dans les séances de la Commission du 4 et du 16 août 1834, et imprimées dans le recueil de ses Bulletins (Ier vol., pp. 4, 5 et 6), seront strictement observées. Chaque volume à publier ne dépassera pas 100 feuilles in-4o.

Art. 7. Aucune publication comprise dans le plan approuvé par le Ministre de l'intérieur, ne sera autorisée qu'après que le membre qui désirera en être chargé aura fait connaître, dans un rapport à la Commission, le plan qu'il se propose de suivre, ainsi que la nature et l'importance des documents qu'il croit devoir ajouter au texte principal. L'impression commencera quand la copie d'un tiers de volume, au moins, pourra être livrée à l'imprimeur.

Art. 8. Les cartes et planches reconnues nécessaires, pour être jointes au texte des chroniques, ou de leurs appendices, ne seront confectionnées que lorsque la Commission en aura autorisé la dépense, sur évaluation approximative.

Art. 9. Tous les mois, l'imprimeur adressera à chaque membre de la Commission, une bonne feuille de tout ce qu'il aura imprimé du texte des volumes de la collection.

Art. 10. Chaque membre reçoit un exemplaire sur grand papier et un exemplaire sur papier ordinaire, des volumes de la collection, ainsi que six exemplaires du Bulletin. Il a droit, en outre, à vingt-cinq exemplaires dits d'auteur de chacun des ouvrages qu'il est chargé de publier (1).

Art. 11. La distribution et la mise en vente des volumes ne peuvent avoir lieu, en Belgique, que dix jours après leur présentation au Roi, leur remise aux membres de la Commission et leur envoi dans les pays étrangers.

Art. 12. Les employés attachés à la Commission, adressent au président, avant chaque assemblée trimestrielle, un rapport sur leurs travaux pendant le trimestre qui a précédé.

La Commission elle-même adresse au Ministre de l'intérieur, à la fin de chaque année, un rapport général sur ses travaux.

Art. 13. La Commission s'abstient de porter un jugement sur les ouvrages imprimés d'auteurs vivants, quand ces ouvrages n'ont pas de rapport direct avec ses travaux.

Art. 14. Les résolutions et les pièces expédiées par la Commission ou en son nom, sont signées par le président et par le secrétaire.

Art. 15. Le secrétaire est dépositaire des papiers et documents appartenant à la Commission. Il en tient inventaire.

Art. 16. Les comptes sont vérifiés par le trésorier et visés par le président et par le secrétaire.

Ils sont transmis ensuite au Ministre de l'intérieur, qui en soigne la liquidation.

Cependant une somme à déterminer par le Ministre de

(1) Deux lettres du Ministre de l'intérieur, datées du 12 août et du 21 octobre 1847, 5e division, n° 2878, statuent que *tous les membres* de l'Académie seront gratifiés également des publications de la Commission.

l'intérieur pourra être mise annuellement à la disposition de la Commission pour faire face aux dépenses urgentes.

Il sera rendu un compte régulier de l'emploi de cette somme.

Art. 17. A l'avenir, les ouvrages dont il sera fait hommage à la Commission seront déposés à la Bibliothèque de l'Académie, à l'exception de ceux dont le commencement a été envoyé à la Bibliothèque royale, qui continuera à en recevoir la suite. Les titres de ces ouvrages et les noms des donateurs seront insérés au Bulletin (1).

Art. 18. Pour les cas d'urgence et de moindre importance, ainsi que pour les travaux relatifs à la confection de la table chronologique des chartes imprimées, concernant l'histoire de la Belgique, les membres de la Commission domiciliés à Bruxelles, réunis à ceux qui s'y trouveraient temporairement, sont autorisés à prendre telles résolutions qu'ils jugeront convenir.

Il sera rendu compte à la Commission, dans son assemblée ordinaire suivante, de ce qui aura été fait en conséquence de la présente autorisation (2).

(1) Cet article a été adopté par l'arrêté royal du 8 juin 1847, qui modifie la rédaction primitive.

(2) Par lettre en date du 20 novembre 1846, M. le Ministre de l'intérieur a fait connaître que la correspondance officielle de la Commission royale d'histoire doit se faire par le Secrétaire perpétuel de l'Académie, conformément à l'art. 1er de l'arrêté royal du 1er décembre 1845. Le secrétaire de la Commission royale d'histoire reste chargé de la correspondance particulière entre les membres.

CORRESPONDANCE DE L'ACADÉMIE.

Arrêté royal accordant la franchise de port.

LÉOPOLD, Roi des Belges,

A TOUS PRÉSENTS ET A VENIR, SALUT.

Revu Notre arrêté en date du 8 novembre 1841, qui attribue la franchise de port à la correspondance officielle de l'Académie royale de médecine;

Considérant que, par des motifs analogues, il y a lieu d'accorder le même privilége à l'Académie royale des sciences et belles-lettres de Bruxelles;

Sur la proposition de Notre Ministre des Travaux Publics;

Nous avons arrêté et arrêtons :

Art. 1er. Notre Ministre de l'intérieur est autorisé à correspondre en franchise de port, *sous enveloppe fermée*, avec le bureau de l'Académie des sciences et belles-lettres de Bruxelles, et les membres de ce corps individuellement.

Art. 2. La franchise est également attribuée à la correspondance sous bandes et contre-seing que l'Académie et son Secrétaire perpétuel doivent échanger avec chacun de ses membres.

Art. 3. Le contre-seing de l'Académie en nom collectif sera exercé, soit par le Président, soit par le Secrétaire perpétuel délégué à cet effet.

Notre Ministre des travaux publics est chargé de l'exécution du présent arrêté.

Donné à Bruxelles, le 22 décembre 1841.

LÉOPOLD.

Par le Roi :

Le Ministre des travaux publics,

L. Desmaisières.

N. B. Pour que les envois parviennent avec la franchise de port, il est indispensable que les lettres, papiers ou livres soient mis sous bandes croisées à l'adresse du Secrétaire perpétuel et contre-signées par le membre, correspondant ou associé, qui fait l'envoi. De plus, les envois doivent être déposés au bureau de la poste; l'exemption n'a pas lieu pour les papiers qui seraient simplement jetés dans la boîte aux lettres.

CONCOURS.

Prix perpétuels institués par le baron de Stassart.

Historique.

Dans la séance de la classe des lettres du 3 novembre 1851, M. le baron de Stassart lut à ses confrères la note suivante :

« Je viens exécuter un projet que, déjà, vous m'avez fait l'honneur d'accueillir ; je viens mettre à votre disposition un capital de deux mille seize francs en rentes sur l'État belge, pour fonder, au moyen des intérêts accumulés, un prix perpétuel qui, tous les six ans, à la suite d'un concours ouvert deux années d'avance, soit décerné, par la classe des lettres, à l'auteur d'une notice sur un Belge célèbre, pris alternativement parmi les historiens ou les littérateurs, les savants et les artistes. Lorsqu'il s'aigra d'un savant, la classe des sciences, et lorsqu'il s'agira d'un artiste, la classe des beaux-arts sera priée d'adjoindre deux de ses membres aux commissaires de la classe des lettres pour l'examen des pièces.

» Notre Académie, comme l'Institut de France, est, je n'en fais aucun doute, parfaitement habile à recevoir les donations et les legs qui lui seraient faits.

» Je suis heureux, Messieurs, de donner à l'illustre Compagnie qui m'a fait l'honneur de m'admettre dans son sein, ce témoignage de l'intérêt que je lui porte et de mon dévouement sans bornes. »

La classe accueillit avec empressement cette offre généreuse et en exprima sa gratitude au donateur, qui, au mois de mai 1855, ajouta à ce premier don une somme de deux cents francs. Ce don complémentaire avait pour objet de compenser la diminution de revenu dû à la conversion des rentes 5 p. $^0/_0$ en rentes à 4 $^1/_2$ p. $^0/_0$.

La mort de M. le baron de Stassart étant survenue le 10 octobre 1854, la classe des lettres décida tout aussitôt que « la série des biographies consacrées à des Belges célèbres » serait inaugurée par une *notice sur le baron de Stassart* (1). Elle voulait ainsi, tout à la fois, honorer la mémoire d'un littérateur distingué et donner un témoignage public de sa reconnaissance pour les legs qui venaient de lui être faits et que le Gouvernement belge fut autorisé à accepter pour compte de l'Académie.

Dans son testament olographe, en date du 19 mai 1854, le baron de Stassart avait, entre autres, inscrit la clause suivante :

« Mon légataire universel (M. le marquis de Maillen) achè-
» tera cinq cents francs de rentes belges, et il priera l'Académie
» royale des sciences, des lettres et des arts de Belgique de les
» employer à fonder un prix qui soit décerné tous les six ans
» (afin qu'il excède, avec les intérêts accumulés, trois mille
» francs) pour une question d'histoire nationale. »

Concours.

Conformément à la volonté du donateur et aux généreuses dis-

(1) Ce concours, ouvert en 1855, a donné lieu à une excellente notice de M. Van Bemmel, couronnée par la classe des lettres et insérée dans le tome XXVIII des *Mémoires couronnés*.

positions prises par lui, la classe des lettres ouvre dès l'année 1861 deux concours extraordinaires dont les prix seront décernés en en 1865 :

1° Un prix de 600 francs à l'auteur de la meilleure notice inédite, consacrée à la vie et aux travaux d'un savant belge.

Les concurrents auront à se conformer aux formalités et aux règles ordinairement suivies pour les concours annuels de l'Académie.

2° Un prix de 3,000 francs à l'auteur du meilleur ouvrage traitant de l'un des points de notre histoire nationale et publié pendant la période sexennale, ouverte le 1er janvier 1858 et close le 1er janvier 1864.

Les dispositions réglementaires adoptées pour les prix quinquennaux fondés par le Gouvernement seront, à l'exception de celles qui concernent la formation du jury, applicables à ce dernier concours.

Un programme spécial sera ultérieurement formulé par la classe des lettres pour ces deux concours et précisera toutes les conditions qu'ils impliquent l'un et l'autre.

Concours extraordinaires des sciences mathématiques et physiques.

Arrêté royal.

LÉOPOLD, Roi des Belges,

A TOUS PRÉSENTS ET A VENIR, SALUT.

Vu l'arrêté royal du 10 décembre 1859, disposant que la somme de cinq mille francs, affectée au prix quinquennal des sciences physiques et mathématiques pour la période de 1854 à 1858, prix non décerné, sera appliquée à des concours extraordinaires;

Vu les questions proposées par l'Académie royale de Belgique;

Sur le rapport de Notre Ministre de l'intérieur,

Nous avons arrêté et arrêtons :

Art. 1er. Un concours extraordinaire est ouvert pour chacune des quatre questions suivantes :

Questions des sciences mathématiques.

PREMIÈRE QUESTION.

Généraliser le théorème de Sturm en l'étendant à un système de deux équations à deux inconnues.

DEUXIÈME QUESTION.

Trouver et discuter l'intégrale de l'équation des lignes de courbure à la surface lieu géométrique des points dont la somme des distances, à deux droites qui se coupent, est constante.

Questions des sciences physiques.

TROISIÈME QUESTION.

Déterminer, à l'aide d'expériences nouvelles, si une quantité donnée de travail mécanique peut développer constamment une même quantité de chaleur, et réciproquement si une même quantité de chaleur est susceptible de produire la même quantité de travail mécanique.

QUATRIÈME QUESTION.

On demande si le principe de Joule est applicable aux effets de la poudre dans les bouches à feu. Dans la négative ou dans l'affirmative, déterminer les conditions des mouvements des gaz produits par la déflagration de la poudre dans l'âme des bouches à feu et, subsidiairement, dans d'autres circonstances.

ART. 2. Le prix du concours pour la première et la troisième question sera de quinze cents francs; le prix pour la deuxième et pour la quatrième sera de mille francs.

ART. 3. Les concurrents adresseront leurs ouvrages au Département de l'intérieur avant le 20 septembre 1862.

ART. 4. Le jugement du concours se fera conformément aux dispositions qui régissent les concours pour les prix quinquennaux établis par l'arrêté royal du 6 juillet 1851.

ART 5. Notre Ministre de l'intérieur est chargé de l'exécution du présent arrêté.

Donné à Laeken, le 31 mai 1860.

LÉOPOLD.

PAR LE ROI :
Le Ministre de l'intérieur,
CHARLES ROGIER.

Concours triennal de littérature dramatique flamande.

Arrêté royal.

LÉOPOLD, Roi des Belges,

A tous présents et a venir, salut.

Vu Notre arrêté du 10 juillet 1858, qui institue un prix triennal pour la composition d'une œuvre dramatique en langue flamande, dont le sujet devra être pris soit dans l'histoire, soit dans les mœurs nationales;

Vu les propositions faites par la classe des lettres de l'Académie royale, en ce qui concerne les dispositions réglementaires du concours;

Sur le rapport de Notre Ministre de l'intérieur,

Nous avons arrêté et arrêtons:

Art. 1er. Sera admis au concours tout ouvrage de littérature dramatique écrit en langue flamande par un auteur belge de naissance ou naturalisé.

Art. 2. L'ouvrage devra avoir été publié dans le pays, ou être remis en manuscrit, soit au Département de l'intérieur, soit à l'Académie royale des sciences et des lettres, avant que la période triennale soit close.

Art. 3. Ne seront pas admises au concours les œuvres traduites ou arrangées d'après des ouvrages étrangers ou nationaux.

Quant aux pièces imitées, le jury aura à décider si elles présentent un caractère suffisant d'originalité.

Art. 4. Le jury chargé du jugement du concours sera composé de cinq membres.

Art. 5. Les ouvrages dramatiques des membres du jury sont exclus du concours.

Art. 6. Le prix triennal ne peut être partagé entre plusieurs œuvres.

Art. 7. Le jugement du jury sera proclamé dans la séance publique de la classe des lettres qui suivra la période triennale.

Art. 8. Notre Ministre de l'intérieur est chargé de l'exécution du présent arrêté.

Donné à Laeken, le 23 février 1859.

LÉOPOLD.

Par le Roi :
Le Ministre de l'intérieur,
Ch. Rogier.

Concours triennal de littérature dramatique française.

Arrêté royal.

LÉOPOLD, Roi des Belges,

A TOUS PRÉSENTS ET A VENIR, SALUT.

Vu Notre arrêté du 10 juillet 1858, établissant un prix triennal pour la composition d'une œuvre dramatique en langue flamande, dont le sujet devra être pris soit dans l'histoire, soit dans les mœurs nationales;

Sur la proposition de Notre Ministre de l'intérieur;

Nous avons arrêté et arrêtons :

Art. 1er. Un prix triennal est institué pour la composition en langue française d'une œuvre dramatique dont le sujet devra être emprunté soit à l'histoire, soit aux mœurs nationales.

Art. 2. Le prix qui sera décerné à l'auteur de l'ouvrage couronné, consistera en une médaille d'or de la valeur de cent cinquante francs et en une somme de cinq cents francs au moins et de quinze cents francs au plus, à déterminer par Notre Ministre de l'intérieur suivant les mérites et l'importance de la pièce dramatique.

Art. 3. La pièce couronnée sera représentée pendant les fêtes anniversaires de septembre de l'année qui suivra la clôture de chaque période triennale.

La présente disposition sera applicable aux pièces dramatiques en langue flamande, dont les auteurs auront obtenu le prix institué par l'arrêté royal du 10 juillet 1858.

Art. 4. Le jugement se fera par une commission de trois membres au moins, choisis sur une liste double de présentation dressée par la classe des lettres de l'Académie royale de Belgique.

Art. 5. La première période triennale sera considérée comme close le 1er janvier 1861.

Art. 6. Notre Ministre de l'intérieur prendra toutes les autres dispositions nécessaires pour l'exécution du présent arrêté.

Donné à Montpellier, le 30 septembre 1859.

LÉOPOLD.

Par le Roi :
Le Ministre de l'intérieur,
Ch. Rogier.

LISTE DES MEMBRES,

DES CORRESPONDANTS ET DES ASSOCIÉS DE L'ACADÉMIE.

(Janvier 1861.)

LE ROI, PROTECTEUR.

M. Liagre, président pour 1861.
» Ad. Quetelet, secrétaire perpétuel.

COMMISSION ADMINISTRATIVE POUR 1861.

Le directeur de la classe des Sciences, M. Liagre.
» » des Lettres, M. de Ram.
» » des Beaux-Arts, M. Suys.
Le Secrétaire perpétuel, M. Ad. Quetelet.
Le délégué de la classe des Sciences, M. Stas, trésorier.
» » des Lettres, M. Leclercq.
» » des Beaux-Arts, M. Braemt.

CLASSE DES SCIENCES.

M. LIAGRE, directeur pour 1861.
» AD. QUETELET, secrétaire perpétuel.

---

30 MEMBRES.

Section des sciences mathématiques et physiques (15 membres).

M. QUETELET, Adolphe J. L.; à Bruxelles.	Élu le	1er février 1820.
» TIMMERMANS, J. Alexis; à Gand. . .	—	12 octobre 1833.
» MARTENS, Martin; à Louvain . . .	—	15 décem. 1835.
» PLATEAU, Joseph A. F.; à Gand. .	—	15 décem. 1836.
» DELVAUX, C. Jean P. J.; à Liége. . .	—	14 décem. 1841.
» STAS, Jean S.; à Bruxelles	—	14 décem. 1841.
» DE KONINCK, Laurent G.; à Liége. .	—	15 décem. 1842.
» DE VAUX, Adolphe J. J.; à Bruxelles .	—	16 décem. 1846.
» NERENBURGER, G. Adolphe; à Bruxelles.	—	15 décem. 1849.
» MELSENS, H. Louis F.; à Bruxelles . .	—	15 décem. 1850.
» SCHAAR, Mathias; à Liége	—	15 décem. 1851.
» LIAGRE, J. B. Jules, à Bruxelles . . .	—	15 décem. 1853.
» DUPREZ, François J.; à Gand	—	16 décem. 1854.
» BRASSEUR, Jean Baptiste; à Liége . .	—	14 décem. 1855.
» HOUZEAU, Jean C.; à Bruxelles . . .	—	15 décem. 1856.

Section des sciences naturelles (15 membres).

M. D'OMALIUS D'HALLOY, J. B. J.; à Halloy.	Nommé le	3 juillet 1816.
» VANDERMAELEN, Phil. M. G.; à Bruxelles.	Élu le	10 janvier 1829.
» DUMORTIER, Barthélemy C.; à Tournai .	—	2 mai 1829.

M. Sauveur, J. J. D.; à Bruxelles . . .	Élu le 7 novem. 1829.
» Wesmael, Constantin; à Bruxelles . .	— 15 décem. 1835.
» Cantraine, François J.; à Gand . . .	— 15 décem. 1836.
» Kickx, Jean; à Gand	— 15 décem. 1837.
» Van Beneden, Pierre J.; à Louvain .	— 15 décem. 1842.
» De Selys-Longchamps, Edm.; à Liége .	— 16 décem. 1846.
» Du Bus de Ghisignies, le vicomte Bernard A. L.; à Bruxelles	— 16 décem. 1846.
» Nyst, Henri P.; à Anvers	— 17 décem. 1847.
» Gluge, Théophile; à Bruxelles . . .	— 15 décem. 1849.
» Poelman, Charles; à Gand	— 16 décem. 1857.
» Dewalque, Guillaume, à Liége. . .	— 16 décem. 1859.
» D'Udekem, Jules; à Bruxelles. . . .	— 16 décem. 1859.

CORRESPONDANTS (10 au plus).

M. Maus, M. H. J.; à Mons	Élu le 16 décem. 1846.
» Donny, François M. L.; à Gand. . .	— 15 décem. 1850.
» Quetelet, Ernest; à Bruxelles . . .	— 14 décem. 1855.
» Gloesener, Michel; à Liége	— 15 décem. 1856.
» Montigny, Charles; à Anvers. . . .	— 16 décem. 1857.
» Candèze, E.; à Liége	— 15 décem. 1858.
» Chapuis, Félicien; à Verviers . . .	— 15 décem. 1858.

50 ASSOCIÉS.

Section des sciences mathématiques et physiques (25 associés).

M. Vène, A.; à Paris	Élu le 2 février 1824.
» Babbage, Charles; à Londres . . .	— 7 octobre 1826.
» Herschel, sir John F. W.; à Londres.	— 7 octobre 1826.
» Barlow, Pierre; à Woolwich. . . .	— 10 novem. 1827.

M. **South**, James; à Londres . . . . . Élu le 10 novem. 1827.
» **Sabine**, Édouard; à Londres. . . . — 2 février 1828.
» **Chasles**, Michel; à Paris . . . . . . — 4 février 1829.
» **Encke**, J. F.; à Berlin. . . . . — 7 novem. 1829.
» **Van Rees**, R.; à Utrecht . . . . . . — 6 mars 1830.
» **Brewster**, David; à Édimbourg. . . — 5 avril 1834.
» **Plana**, le baron Jean; à Turin . . . — 5 avril 1834.
» **Matteucci**, Charles; à Pise . . . . . — 8 novem. 1834.
» **Bache**, Alex. D.; à Washington . . . — 9 mai 1842.
» **De la Rive**, Auguste; à Genève. . . — 9 mai 1842.
» **Dumas**, Jean Baptiste; à Paris . . . — 17 décem. 1843.
» **Faraday**, Michel; à Woolwich . . . — 17 décem. 1847.
» **Lamarle**, Ernest; à Gand. . . . . . — 17 décem. 1847.
» **Wheatstone**, Charles; à Londres . . — 15 décem. 1849.
» **Von Liebig**, le baron Juste; à Munich. — 15 décem. 1851.
» **Airy**, Georges **Biddell**; à Greenwich . — 15 décem. 1853.
» **Maury**, Matthew F.; à Washington. . — 16 décem. 1854.
» **Hansteen**, Christophe; à Christiania. . — 14 décem. 1855.
» **Argelander**, F. G. A.; à Bonn . . . — 15 décem. 1856.
» **Lamont**, à Munich . . . . — 16 décem. 1859.
» **Struve**, F. G. G., à Pulkowa . . . . — 16 décem. 1859.

Section des sciences naturelles (25 associés).

M. **Moreau de Jonnès**, Alexandre; à Paris. Élu le 21 mai 1825.
» **Villermé**, Louis R.; à Paris . . . . — 31 mars 1827.
» **Bertoloni**, Ant.; à Bologne . . . . — 6 oct. 1827.
» **Granville**, A. B.; à Londres . . . . — 6 oct. 1827.
» **Barrat**, John; à Grassinton-Moor . . — 1er mars 1828.
» **Taylor**, John; à Londres . . . . . . — 1er mars 1828.
» **Blume**, Ch. L.; à Leyde . . . . . . — 2 mai 1829.
» **De Macedo**, à Lisbonne. . . . . . . — 15 décem. 1836.
» **Decaisne**, Joseph; à Paris . . . . . . — 15 décem. 1836.

M. TIEDEMANN, Frédéric; à Munich . . .	Élu le	15 décem.	1837.
» SCHWANN, Théodore; à Liége.	—	14 décem.	1841.
» SPRING, Antoine Fr.; à Liége	—	14 décem.	1841.
» DE MARTIUS, Ch. Fr. Ph.; à Munich.	—	9 mai	1842.
» LACORDAIRE, Théodore J.; à Liége . .	—	15 décem.	1842.
» OWEN, Richard; à Londres.	—	17 décem.	1847.
» ÉLIE DE BEAUMONT, Jean Baptiste; à Paris	—	17 décem.	1847.
» EDWARDS, Henri Milne; à Paris . . .	—	15 décem.	1850.
» FLOURENS, Marie Jean Pierre; à Paris .	—	15 décem.	1853.
» MURCHISON, sir Roderick; à Londres .	—	14 décem.	1855.
» SCHLEGEL, à Leide	—	16 décem.	1857.
» AGASSIZ, Louis; à New-Cambridge . .	—	15 décem.	1858.
» HAIDINGER, Guillaume; à Vienne . .	—	15 décem.	1858.
» VON BAER, à St-Pétersbourg	—	16 décem.	1859.
» LYELL, Charles, à Londres	—	16 décem.	1859.
» VROLIK, Guillaume; à Amsterdam . .	—	15 décem.	1860.

CLASSE DES LETTRES.

M. DE RAM, directeur pour 1861.
» Ad. QUETELET, secrétaire perpétuel.

---

30 MEMBRES.

La section des lettres et celle des sciences morales et politiques réunies.

M. STEUR, Charles; à Gand	Élu le	5	décem.	1829.
» DE GERLACHE, le baron E. C.; à Bruxelles.	—	12	octobre	1833.
» GRANDGAGNAGE, F. C. J.; à Liége . .	—	7	mars	1835.
» DE SMET, J. J.; à Gand.	—	6	juin	1835.
» DE RAM, P. F. X.; à Louvain. . . .	—	15	décem.	1837.
» ROULEZ, J. E. G.; à Gand.	—	15	décem.	1837.
» MOKE, Henri G.; à Gand	—	7	mai	1840.
» NOTHOMB, le baron Jean Bapt.; à Berlin.	—	7	mai	1840.
» VAN DE WEYER, Sylvain; à Londres .	—	7	mai	1840.
» GACHARD, Louis Prosper; à Bruxelles .	—	9	mai	1842.
» QUETELET, Adolphe J. L.; à Bruxelles.	Nommé le	1er	déc.	1845.
» VAN PRAET, Jules; à Bruxelles . . .	Élu le	10	janvier	1846.
» BORGNET, Adolphe C. J.; à Liége. . .	—	10	janvier	1846.
» DE St-GENOIS, le baron Jules; à Gand .	—	10	janvier	1846.
» DAVID, Jean Baptiste; à Louvain. . .	—	10	janvier	1846.
» DEVAUX, Paul L. I.; à Bruxelles. . .	—	10	janvier	1846.

M. DE DECKER, Pierre J. F.; à Bruxelles	Élu le	10 janvier	1846.
» SNELLAERT, F. A.; à Gand	—	11 janvier	1847.
» CARTON, Charles L.; à Bruges	—	11 janvier	1847.
» HAUS, J. J.; à Gand	—	11 janvier	1847.
» BORMANS, J. H.; à Liége	—	11 janvier	1847.
» LECLERCQ, M. N. J.; à Bruxelles	—	17 mai	1847.
» POLAIN, M. L.; à Liége	—	7 mai	1849.
» BAGUET, F. N. J. G.; à Louvain	—	6 mai	1850.
» DE WITTE, le baron Jean J. A. M.; à Anvers	—	6 mai	1851.
» FAIDER, Charles; à Bruxelles	—	7 mai	1855.
» ARENDT, G. A.; à Louvain	—	7 mai	1855.
» DUCPETIAUX, Edouard; à Bruxelles	—	4 mai	1859.
» KERVYN DE LETTENHOVE, le baron J. M. B. C.; à Bruges	—	4 mai	1859.
» CHALON, Renier; à Bruxelles	—	4 mai	1859.

CORRESPONDANTS (10 au plus).

M. GRUYER, Louis; à Bruxelles	Élu le	10 janvier	1846.
» SERRURE, C. P.; à Gand	—	11 janvier	1847.
» MATHIEU, Adolphe C. G.; à Bruxelles	—	6 mai	1850.
» THONISSEN, J. J.; à Louvain	—	7 mai	1855.
» JUSTE, Théodore; à Bruxelles	—	26 mai	1856.
» DEFACQZ, Eugène; à Bruxelles	—	26 mai	1856.
» GUILLAUME, H. H. G.; à Bruxelles	—	9 mai	1660.
» WAUTERS, Alphonse; à Bruxelles	—	9 mai	1868.
» NÈVE, Félix; à Louvain	—	9 mai	1860.
» BLOMMAERT, Philippe; à Gand	—	9 mai	1860.

50 ASSOCIÉS.

M. DE MOLÉON, J. G. V.; à Paris	Élu le	14 octobre	1820.
» LENORMAND, L. Séb.; à Paris	—	14 octobre	1820.

M. De la Fontaine; à Luxembourg . . Élu le 23 décem. 1822.
» Cousin, Victor; à Paris. . . . . . . — 6 octobre 1827.
» Cooper, C. P.; à Londres. . . . . . — 5 avril 1834.
» Le Glay, André; à Lille . . . . . . — 5 avril 1834.
» Mone, F. Joseph; à Carlsruhe . . . — 7 mai 1840.
» Groen van Prinsterer, G.; à La Haye. — 15 décem. 1840.
» Grimm, Jacques L.; à Berlin. . . . — 15 décem. 1842.
» Phillips, Georges; à Vienne . . . . — 15 décem. 1842.
» Dinaux, Arthur M.; à Montataire . . — 9 février 1846.
» Ellis, Henry; à Londres . . . . . . — 9 février 1846.
» Guizot, François P. G.; à Paris. . . — 9 février 1846.
» Mignet, F. A. A.; à Paris. . . . . . — 9 février 1846.
» Rafn; Charles Chrétien; à Copenhague. — 9 février 1846.
» De la Sagra, Ramon; à Madrid. . . — 9 février 1846.
» Ranke, Léopold; à Berlin. . . . . . — 9 février 1846.
» Salva, Miguel; à Madrid . . . . . . — 9 février 1846.
» Warnkoenig, Léop. Auguste; à Stuttgart. — 9 février 1846.
» Dupin, le baron F. P. Charles; à Paris. — 11 janvier 1847.
» De Hurter, Frédéric; à Vienne . . . — 11 janvier 1847.
» Leemans, Conrad; à Leide. . . . . — 11 janvier 1847.
» Mittermaier, C. J. A.; à Heidelberg . . — 11 janvier 1847.
» Pertz, Georges Henri; à Berlin . . . — 11 janvier 1847.
» Manzoni, le comte Alexandre; à Milan. — 17 mai 1847.
» Nolet de Brauwere van Steeland,
J. C. H.; à Bruxelles . . . . — 7 mai 1849.
» De Bonnechose, F. P. Emile; à Paris. — 7 mai 1849.
» Whewell, Guillaume; à Cambridge . — 7 mai 1849.
» Senior, Guillaume Nassau; à Londres. — 7 mai 1849.
» De Caraman, le duc V. A. C. Riquet;
à Beaumont . . . . — 7 mai 1849.
» De Laborde, le comte Léon; à Paris . — 6 mai 1851.
» Le Clerc, J. Victor; à Paris . . . . — 7 mai 1855.
» De Montalembert, le comte Charles; à
Paris . . . . — 7 mai 1855.

M.	**De Rossi**, le chevalier J. B.; à Rome . .	Élu le	7 mai	1855.
»	**Rau**, Ch. Henri; à Heidelberg	—	7 mai	1855.
»	**Paris**, A. Paulin; à Paris	—	26 mai	1856.
»	**De Longpérier**, Adrien; à Paris . . .	—	26 mai	1856.
»	**De Reumont**, Alfred; à Florence . . .	—	26 mai	1856.
»	**De Barante**, le baron; à Paris. . . .	—	4 mai	1859.
»	**Bogaers**, A.; à Rotterdam	—	4 mai	1859.
»	**De Czoernig**, le baron Charles, à Vienne.	—	4 mai	1859.
»	**Minervini**; à Naples	—	4 mai	1859.
»	**La Fuente**, Modeste; à Madrid . . .	—	4 mai	1859.
»	**Grote**, George; à Londres	—	9 mai	1860.
»	**Lelewel**, Joachim; à Bruxelles	—	9 mai	1860.
»	**Theiner**, Augustin; à Rome.	—	9 mai	1860.

. . . .

. . . .

. . . .

CLASSE DES BEAUX-ARTS.

M. Suys, directeur pour 1861.
» Ad. Quetelet, secrétaire perpétuel.

——

30 MEMBRES.

Section de Peinture :

M. De Keyzer, Nicaise; à Anvers. . . . Nommé le 1er déc. 1845.
» Gallait, Louis; à Bruxelles . . . . — 1er déc. 1845.
» Leys, Henri; à Anvers . . . . — 1er déc. 1845.
» Madou, Jean; à Bruxelles. . . . . — 1er déc. 1845.
» Navez, François Joseph; à Bruxelles . — 1er déc. 1845.
» Verboeckhoven, Eugène; à Bruxelles . — 1er déc. 1845.
» Wappers, le baron Gustave; à Anvers . — 1er déc. 1845.
» De Braekeleer, Ferdinand; à Anvers. Élu le 8 janvier 1847.
» Portaels, Jean; à Bruxelles . . . . — 4 janvier 1855.

Section de Sculpture :

M. Geefs, Guillaume; à Bruxelles . . . Nommé le 1er déc. 1845.
» Simonis, Eugène; à Bruxelles. . . . — 1er déc. 1845.
» Geefs, Joseph; à Anvers . . . . . Élu le 9 janvier 1846.
» Fraikin; Charles Auguste; à Bruxelles. — 8 janvier 1847.

Section de Gravure :

M. Braemt, Joseph Pierre; à Bruxelles . Nommé le 1er déc. 1845.
» Corr, Matthieu Érin; à Anvers . . . Élu le 9 janvier 1846.

Section d'Architecture :

M. ROELANDT, Louis J. A.; à Gand . . . Nommé le 1er déc. 1845.
» SUYS, François; à Bruxelles . . . . — 1er déc. 1845.
» PARTOES, H. L. F.; à Bruxelles . . . Élu le 8 janvier 1847.
» RENARD, Bruno; à Tournai . . . . — 22 sept. 1852.

Section de Musique :

M. DE BÉRIOT, Charles; à Bruxelles . . . Nommé le 1er déc. 1845.
» FÉTIS, François J.; à Bruxelles . . . — 1er déc. 1845.
» HANSSENS, Charles L.; à Bruxelles . . — 1er déc. 1845.
» VIEUXTEMPS, Henri; à Bruxelles. . . — 1er déc. 1845.
» SNEL, François; à Bruxelles . . . . Élu le 9 janvier 1846.

Section des Sciences et des Lettres dans leurs rapports avec les Beaux-Arts :

M. ALVIN, Louis J.; à Bruxelles . . . Nommé le 1er déc. 1845.
» QUETELET, Adolphe J. L; à Bruxelles. — 1er déc. 1845.
» VAN HASSELT, André; à Bruxelles . . — 1er déc. 1845.
» BARON, Auguste A.; à Liége . . . . Élu le 8 janvier 1847.
» FÉTIS, Edouard; à Bruxelles . . . . — 8 janvier 1847.
» DE BUSSCHER, Edmond; à Gand. . . — 5 janvier 1854.

CORRESPONDANTS (10 au plus).

Pour la Peinture :

M. DE BIEFVE, Édouard; à Bruxelles . . Élu le 9 janvier 1846.
» DYCKMANS, Joseph L.; à Anvers. . . — 8 janvier 1847.

Pour la Sculpture :

M. JEHOTTE, Louis ; à Bruxelles . . . . Élu le 9 janvier 1846.

. . . .

Pour la Gravure :

M. JOUVENEL, Adolphe ; à Bruxelles . . Élu le 8 janvier 1847.
» VERSWYVEL, Michel C. A. ; à Anvers . — 22 sept. 1852.

Pour l'Architecture :

M. BALAT, Alphonse ; à Bruxelles . . . Élu le 13 janvier 1853.

Pour la Musique :

M. BOSSELET, Charles F. ; à Bruxelles . . Élu le 22 sept. 1852.

Pour les Sciences et les Lettres dans leurs rapports avec les Beaux-Arts :

M. DEMANET, A. ; à Bruxelles . . . . . Élu le 4 janvier 1855.
» SIRET, Adolphe ; à St-Nicolas . . . . — 4 janvier 1855.

50 ASSOCIÉS.

Pour la Peinture :

M. VERNET, Horace ; à Paris. . . . . . Élu le 6 février 1846.
» De CORNELIUS, Pierre ; à Berlin . . . — 6 février 1846.
» LANDSEER, Edwin ; à Londres . . . . — 6 février 1846.
» KAULBACH, Guillaume ; à Munich . . . — 6 février 1846.
» INGRES, Jean, A. D. ; à Paris . . . . . — 8 janvier 1847.

M. Calame, Alexandre ; à Genève. . . . Élu le 8 janvier 1847.
» Becker, Jacques ; à Francfort . . . . — 8 janvier 1847.
» Haghe, Louis; à Londres . . . . . . — 8 janvier 1847.
» Schnetz, Jean Victor ; à Paris . . . . — 22 sept. 1852.
» Picot, François Édouard ; à Paris . . — 7 janvier 1858.
» Delacroix, Eugène ; à Paris . . . . — 13 janvier 1859.

Pour la Sculpture :

M. Tenerani, Pierre ; à Rome . . . . . Élu le 8 janvier 1847.
» Dumont, Augustin Alexandre ; à Paris . — 22 sept. 1852.
» De Nieuwerkerke, comte Alfr.; à Paris. — 22 sept. 1852.
» Royer, Louis ; à Amsterdam . . . . . — 22 sept. 1852.
» Laboureur, Maximilien ; à Rome . . . — 10 janvier 1856.
» De Bay, père J. B., J.; à Paris . . . — 8 janvier 1857.
» Duret, François Joseph ; à Paris . . . — 7 janvier 1858.
» Rietschel, Ernest ; à Dresde . . . . — 7 janvier 1858.

Pour la Gravure :

M. Forster, François ; à Paris . . . . . Élu le 6 février 1846.
» Henriquel Dupont, L. P.; à Paris . . — 8 janvier 1847.
» Calamatta, Louis A. J. ; à Bruxelles . — 8 janvier 1847.
» Bovy, Antoine ; à Paris . . . . — 8 janvier 1847.
» Mercuri, Paul ; à Rome. . . . . . — 8 janvier 1857.
» Oudiné, E. A.; à Paris . . . . — 8 janvier 1857.
» Martinet, Achille ; à Paris. . . . . — 7 janvier 1858.

. . . .

Pour l'Architecture :

M. Donaldson, Thomas ; à Londres . . . Élu le 6 février 1846.
» Von Kleinze, Léon ; à Munich. . . . — 6 février 1846.

M. CARISTIE, Augustin Nicolas; à Paris . . Élu le 8 janvier 1847.
» BARRY, Ch.; à Londres . . . . — 8 janvier 1847.
» STÜLER, Auguste; à Berlin . . . . . — 8 janvier 1847.
» COCKERELL, Charles Robert; à Londres. — 22 sept. 1852.
» FORSTER, Louis; à Vienne . . . . . — 5 janvier 1854.

Pour la Musique :

M. ROSSINI, Joacchino; à Paris. . . . . Élu le 6 février 1846.
» MEYERBEER, Giacomo; à Berlin. . . . — 6 février 1846.
» AUBER, Daniel; à Paris . . . . — 6 février 1846.
» DAUSSOIGNE-MÉHUL, Joseph; à Liége . — 6 février 1846.
» HALÉVY, Jacques F. E.; à Paris. . . . — 8 janvier 1847.
» LACHNER, François; à Munich . . . . — 8 janvier 1847.
» MERCADANTE, Saverio; à Naples . . . — 22 sept. 1852.

. . . .

Pour les Sciences et les Lettres dans leurs rapports avec les Beaux-Arts :

M. BOCK, C. P.; à Fribourg en Breisgau . . Élu le 6 février 1846.
» PASSAVANT, Jean David; à Francfort. . — 6 février 1846.
» WAAGEN, Gustave F.; à Berlin. . . . — 8 janvier 1847.
» DE COUSSEMAKER, Edmond; à Dunkerque. — 8 janvier 1847.
» GERHARD, Édouard; à Berlin.. . . . . — 8 janvier 1847.
» DE CAUMONT, Arcisse; à Caen . . . . — 22 sept. 1848.
» QUARANTA, Bernard; à Naples . . . — 5 janvier 1854.
» RAVAISSON, J. G. Félix; à Paris . . . — 10 janvier 1856.

COMMISSION DE L'ACADÉMIE

pour la publication d'une Biographie nationale.

Président, M. le baron J. DE SAINT-GENOIS, délégué de la classe des Lettres.

Vice-président, M. STAS, délégué de la classe des Sciences.

Secrétaire, M. ED. FÉTIS, délégué de la classe des Beaux-Arts.

M. DEWALQUE,	délégué de la classe des Sciences.	
» KICKX,	id.	id.
» AD. QUETELET,	id.	id.
» VAN BENEDEN,	id.	id.
» DE RAM,	id.	classe des Lettres.
» GACHARD,	id.	id.
» KERVYN DE LETTENHOVE,	id.	id.
» POLAIN,	id.	id.
» DE BUSSCHER,	id.	classe des Beaux-Arts.
» FR. FÉTIS,	id.	id.
» SIRET,	id.	id.
» VAN HASSELT,	id.	id.

Secrétaire-adjoint, M. Félix STAPPAERTS.

COMMISSIONS DES CLASSES.

Commissions des finances des trois classes :

Classe des Sciences.	Classe des Lettres.	Classe des Beaux-Arts.
M. AD. DE VAUX.	M. DE DECKER.	M. ED. FÉTIS.
» Le Vte B. DU BUS.	» GACHARD.	» FRAIKIN.
» NERENBURGER.	» Le B^on DE GERLACHE.	» G. GEEFS.
» VAN BENEDEN.	» LECLERCQ.	» SNEL.
» WESMAEL.	» CH. FAIDER.	» VAN HASSELT.

CLASSE DES LETTRES. — *Commission pour la publication des anciens monuments de la littérature flamande.*

M. DAVID, président.
» SNELLAERT, secrétaire.
» BORMANS.
» CARTON.
» DE DECKER.

Commission pour la publication d'une collection des grands écrivains du pays.

M. le baron DE GERLACHE.
» POLAIN.
» BORGNET.
» DE DECKER.
» KERVYN DE LETTENHOVE

CLASSE DES BEAUX-ARTS. — *Commission pour la rédaction d'une Histoire de l'art en Belgique.*

M. AD. QUETELET, président.
» VAN HASSELT, secrétaire.
» ALVIN.
» ED. FÉTIS.
» F. FÉTIS.

. . . .

. . . .

COMMISSION ROYALE D'HISTOIRE

pour la publication des Chroniques belges inédites.

M. Le baron DE GERLACHE, président.
» DE RAM, vice-président.
» GACHARD, secrétaire-trésorier.
» DE SMET.
» DUMORTIER.
» BORMANS.
» BORGNET.

LISTE DES MEMBRES, ASSOCIÉS ET CORRESPONDANTS DE L'ACADÉMIE HABITANT BRUXELLES OU SES FAUBOURGS.

M. Alvin, rue du Trône, 58, à Ixelles.
» Balat, rue du Pont-Neuf, 41.
» Bosselet, rue St-Philippe, 66, à St-Josse-ten-Noode.
» Braemt, rue St-Alphonse, 60, à St-Josse-ten-Noode.
» Calamatta, place du Grand-Sablon, 11.
» Chalon, rue de la Senne, 24.
» De Bieffe, rue de Ruysbroeck, 88.
» De Decker, rue des Plantes, 6, à St-Josse-ten-Noode.
» Defacqz, boulevard de Waterloo, 49.
» De Gerlache (baron), chaussée d'Ixelles, 27, à Ixelles.
» Demanet, rue de la Science, 43, quartier Léopold.
» D'Udekem, boulevard de Waterloo, 28.
» De Vaux (Ad.), rue du Trône, 82, à Ixelles.
» Devaux (P.), boulevard de Waterloo, 38.
» Du Bus (vicomte B.), rue du Méridien, 10, à St-Josse-ten-Noode.
» Ducpetiaux, rue des Arts, 22, quartier Léopold.
» Faider (Ch.), boulevard de Waterloo, 33.
» Fétis (Éd.), montagne du Parc, 15.
» Fétis (F.), rue des Sablons, 25.
» Fraikin, chaussée de Haecht, 178, à Schaerbeck.
» Gachard, rue de la Paille, 14.
» Gallait, rue des Palais, 70, à Schaerbeek.
» Geefs (G.), rue des Palais, 18, à Schaerbeck.
» Gluge, rue Joseph II, 7, quartier Léopold.
» Gruyer, rue de Ruysbroeck, 98.
» Guillaume, chaussée de Haecht, 64, à St Josse-ten-Noode.
» Hanssens, chemin de l'Allée-Verte, 7, à Molenbeek-St-Jean.
» Houzeau, rue de la Limite, 82, à St-Josse-ten-Noode.

M. Jehotte, rue des Arts, 31.
» Jouvenel . . . . .
» Juste, rue de Spa, 79, quartier Léopold.
» Leclercq, rue Royale, 208, à St-Josse ten-Noode.
» Lelewel, rue du Marais-Saint-Jean, 58.
» Liagre, rue Sans-Souci, 49, à Ixelles.
» Madou, rue de la Limite, 4, à St-Josse-ten-Noode.
» Mathieu, chaussée de Wavre, 21, à Ixelles.
» Melsens, chaussée de Charleroi, 6, quartier Louise.
» Navez, rue Royale, 35.
» Nerenburger, rue Thérésienne, 82.
» Nolet de Brauwere Van Steeland, rue d'Édimbourg, 8, à Ixelles.
» Partoes, rue des Arts, 31.
» Portaels, rue Royale, 35.
» Quetelet (Ad.), à l'Observatoire royal.
» Quetelet (Ernest), à l'Observatoire royal.
» Sauveur, rue Van Orley, 2bis.
» Simonis, chaussée de Jette, à Koekelberg.
» Snel, chaussée de Jette, à Koekelberg.
» Stas, rue Joncker, 13, St-Gilles.
» Suys, rue de l'Equateur, 1, à St-Josse-ten-Noode
» Vandermaelen, à l'Établissement géographique, à Molenbeek-St-Jean.
» Van Hasselt, rue St-Lazare, 29, à St-Josse-ten-Noode.
» Van Praet, au Palais du Roi.
» Verboeckhoven (Eug.), chaussée de Haecht, 180, à Schaerbeek.
» Vieuxtemps, rue du Méridien, 60, à St-Josse-ten-Noode.
» Wauters, rue de la Fontaine, 3.
» Wesmael, rue de la Rivière, 26, à St-Josse ten-Noode.

NÉCROLOGIE.

Classe des Sciences.

VROLIK, G., associé, décédé le 10 novembre 1859.

Classe des Lettres.

MACAULAY, Th. BABINGTON, associé, décédé le 28 décembre 1859.
LE BAS, Ph., associé, décédé le.... mai 1860.
D'URSEL, le duc C., associé, décédé le 27 septembre 1860.

DOCUMENTS HISTORIQUES.

Commission pour la publication des anciens monuments de la littérature flamande.

Dans la séance du 4 octobre 1847, M. Snellaert lut une note de la classe des lettres, d'où nous extrayons les passages suivants :

« Dès les premiers jours de son ministère, M. Van de Weyer s'était concerté avec M. Willems et autres philologues flamands, sur la marche qu'il y aurait à suivre dans la publication d'auteurs du moyen âge. J'ignore si déjà le Ministre songeait sérieusement à la réorganisation de l'Académie; mais il est constaté par le *Rapport au Roi*, du 19 novembre 1845, qu'il désirait que notre langue reçût une marque insigne de sympathie. Dans ce rapport, M. le Ministre se plaint que « la littérature flamande, si florissante aujourd'hui, n'y compte (à l'Académie) presque point de représentants ». Venant à la réorganisation, M. le Ministre place dans les attributions du corps savant la littérature moderne, tant *flamande*, dit-il, que française.

» En Belgique, c'est surtout à feu M. Willems et à son ami M. Blommaert que nous devons la publication de quelques écrits flamands du moyen âge : mais combien ne reste-t-il pas à faire! Maerlant, le poëte le plus productif du XIIIme siècle, le régénérateur de la nation, le père commun des poëtes néerlandais :

. . . . . . Die vader
Der dietscher dichter al gader.

comme l'appellent ses successeurs, Maerlant n'a pas encore trouvé d'éditeur sérieux; et c'est tout au plus si quelques-uns de ses moindres poëmes ont été publiés dans les recueils des sociétés savantes. L'institut royal des Pays-Bas fait attendre depuis plusieurs années le dernier volume du *Spiegel historiael*, et le *Rymbybel* et *der Naturen Bloeme* sont toujours là sans que personne ose y mettre la main. Et cependant, combien la Belgique ne doit-elle pas à ce grand homme, si digne d'un monument qui transmette son nom à l'admiration de la postérité (1).

» Sans anticiper le moins du monde sur les résolutions qu'il plaira à la Compagnie de prendre à cet égard, sans vouloir m'ériger en autorité pour le cas où la coopération de l'Académie serait admise en principe, je crois que ces publications se feraient le plus convenablement par des membres de l'Académie rassemblés en commission, à l'instar de la Commission royale d'histoire, et que le Gouvernement devrait lui accorder également un subside annuel.

» Si toutefois l'Académie juge qu'elle ne peut créer dans son sein une seconde commission, ou s'engager à publier une série d'ouvrages indiqués, j'ose espérer qu'elle joindra ses instances aux nôtres pour prier le Gouvernement de vouloir bien nommer une commission spéciale pour la publication des auteurs flamands inédits du moyen âge, conformément aux vues émises par lui lors du ministère de M. Van de Weyer. »

(1) Afin d'honorer la mémoire du célèbre poëte flamand, une statue, commandée par le Gouvernement et due au ciseau de M. Pickery, sculpteur belge, a été érigée, en 1860, sur la place publique de la ville de Damme, lieu de naissance de Van Maerlant.

Après cette lecture, M. Quetelet fit observer que, pour donner suite à la proposition de la note de M. Snellaert ainsi qu'au vœu exprimé dans l'arrêté royal du 1er décembre 1845, la classe aurait à nommer une commission permanente chargée de la publication des *anciens monuments de la littérature flamande.*

Cette nomination eut lieu, en effet, dans la séance du 10 janvier 1848, et MM. Bormans, David, Snellaert, Carton et De Decker furent désignés par les suffrages de la classe.

Faute de ressources financières pour commencer la publication dont elle était chargée, la commission dut se condamner à l'inaction, et ce n'est qu'en 1854 que la législature, sur la proposition faite par le Ministre de l'intérieur, M. De Decker, inscrivit au budget un crédit spécial de 5,000 francs.

Le 5 juin de la même année, la classe des lettres, sur la proposition de ses commissaires, détermina l'ordre qu'il convenait d'adopter dans la publication et, depuis cette époque, les volumes suivants des œuvres inédites de J. Van Maerlant ont été publiés :

Rymbybel, éditeur, M. David. Bruxelles, Hayez, 1857-1860; 3 vol. gr. in-8° (caract. goth.).

Der Naturen Bloeme, éditeur, M. Bormans (tome 1er). Bruxelles, Hayez, 1858; 1 vol. gr. in-8° (caract. goth.).

Alexander Geesten, éditeur, M. Snellaert (tome 1er). Bruxelles, Hayez, 1860; 1 vol. gr. in-8° (caract. goth.).

Biographie nationale.

Lors de la réorganisation de l'Académie, un arrêté royal du 1er décembre 1845 chargea la compagnie des travaux suivants (1) :

1° Une biographie nationale;

2° Une collection des grands écrivains du pays, avec traductions, notices, etc.;

3° La publication des anciens monuments de la littérature flamande.

La composition d'une biographie nationale constituait une œuvre digne d'éveiller toutes les sympathies : elle imposait, en quelque sorte, à l'Académie le devoir d'apprécier les mérites et les services rendus par les hommes les plus distingués du pays.

La classe des beaux-arts voulut donner un complément à ces utiles travaux; elle entreprit la composition d'une histoire de l'art en Belgique, et voulut rapprocher de l'étude des hommes d'élite celle de leurs principales œuvres (2).

Dès la séance du 6 avril suivant, l'Académie veilla à l'exécution des travaux qui lui avaient été demandés (3); il fut décidé que :

(1) Voyez plus haut l'arrêté royal pris à ce sujet, page 64 de cet *Annuaire*.

(2) *Bulletins*, t. XIII, 1re partie, p. 133.

(3) *Ib.*, p. 398.

1° M. Willems présenterait un projet pour la publication des *anciens monuments de la littérature flamande;*

2° M. le baron de Reiffenberg s'occuperait de rechercher les moyens de former *une collection des grands écrivains du pays*, avec traductions, notices, etc.;

3° M. Gachard rédigerait un projet de règlement concernant la fondation du *prix quinquennal* de 5,000 francs en faveur du meilleur ouvrage sur l'histoire du pays.

4° Le projet de rédaction d'une *biographie nationale* serait confié à M. Quetelet, avec invitation de présenter un plan à la séance générale des trois classes de l'Académie.

Ces différents travaux furent, en outre, examinés par des commissions spéciales. Ceux qui concernaient la *littérature flamande* et les *prix quinquennaux* furent successivement entrepris depuis lors.

Le projet de former une collection des grands écrivains du pays, ainsi que celui de publier une biographie nationale, ajournés jusqu'à ce moment, vont aussi se réaliser, et le moment semble être venu de rappeler les discussions préliminaires que ces différents projets ont provoqué.

Dans la séance générale des trois classes du 14 mai 1846 (1), il fut convenu que le secrétaire perpétuel rappellerait à l'attention de ses confrères le projet de la *biographie nationale*, et celui-ci fit observer alors que l'arrêté royal qui concerne ce travail comprend deux parties distinctes :

1° L'indication du plan à suivre;

2° L'exécution même de ce plan.

« La première partie, disait-il, demande d'être méditée avec soin : si les plans ne sont pas arrêtés avec sagesse, l'édifice ne

(1) *Bulletins*, t. XIII, 1re partie, p. 506.

saurait avoir de consistance; il faut donc, avant tout, examiner et déterminer les moyens d'exécution. Il proposa, en conséquence, à l'Académie de nommer une commission mixte de huit membres, chargée de faire un rapport sur les moyens de donner suite à l'arrêté royal. Deux membres seraient nommés dans chacune des trois classes, et le président et le secrétaire perpétuel adjoints aux six académiciens désignés de cette manière. Le travail de la commission serait ensuite imprimé et distribué, pour être discuté en séance générale. »

Ces propositions ayant été accueillies, les trois classes désignèrent chacune les membres chargés de la représenter dans la commission de la *biographie nationale* (1). »

M. Gachard crut devoir insister à cette occasion sur la nécessité de s'adresser au Gouvernement et de lui exposer l'insuffisance de la dotation de l'Académie.

Dans la séance publique du lendemain, M. Quetelet s'attacha à faire comprendre le but utile que l'Académie s'était proposé d'atteindre. Elle avait spécialement à exécuter les arrêtés « qui la rendent en quelque sorte dépositaire de la gloire de nos hommes les plus éminents. »

L'année suivante, à la séance publique de la classe des lettres (19 mai 1847), le secrétaire perpétuel signala de nouveau à l'attention spéciale de ses confrères et du public l'importance du travail qui avait été confié à l'Académie. « L'exécution de pareils travaux, disait-il, exigerait plus de moyens matériels

(1) *Bulletins*, t. XIII, 2e partie, p. 203. — Les membres étaient le président de l'Académie et le secrétaire perpétuel, avec MM. Kickx et Morren pour la classe des sciences ; MM. le baron de Gerlache et le baron de Reiffenberg pour la classe des lettres, et MM. Fétis et Van Hasselt pour la classe des beaux-arts.

que l'Académie n'en possède en ce moment; cependant, chacun de nous en a parfaitement compris l'utilité et la convenance. Il ne suffit pas en effet, pour la Belgique, d'avoir recouvré sa nationalité; elle doit savoir l'apprécier et la chérir : elle doit avoir intérêt à la défendre au besoin... On n'est jaloux d'une possession, qu'autant qu'on en estime la valeur.

« Il importe de faire revivre de glorieux souvenirs, de familiariser le peuple avec des noms illustres qu'il n'a que trop oubliés sous les gouvernements des puissances étrangères. Il en est des nations comme des familles; on y tient avec d'autant plus de force qu'il est plus honorable de leur appartenir... »

Pendant que la commission de la biographie commençait à s'occuper de ses travaux, M. le Ministre de l'intérieur lui transmit la lettre suivante (1) « ... La connaissance de l'état intellectuel de la Belgique est devenue, pour l'administration, une nécessité à laquelle elle doit se mettre en mesure de satisfaire; la seule nomenclature des auteurs et de leurs œuvres serait déjà d'une grande utilité; mais ce qu'il importe le plus au Gouvernement, c'est de suivre les progrès qui ont pu et pourront encore se réaliser dans tous les genres. Une appréciation raisonnée, bien que sommaire, des œuvres produites depuis notre émancipation politique, soit par des indigènes, soit par des étrangers fixés dans le pays, serait, je crois, le meilleur moyen d'atteindre le but que je viens d'indiquer.

« Un tel travail, qui devrait se continuer tous les ans, ne saurait être convenablement exécuté que par l'Académie, qui, dans sa constitution actuelle, réunit tous les éléments propres à constater le mouvement intellectuel de la Belgique, sous le triple rapport scientifique, littéraire et artistique.

(1) *Bulletins*, t. XV, n° 1, p. 574, année 1848, séance du 3 juin.

« Le plan du travail, les moyens de l'exécuter, le mode de publication, telles sont les premières questions à examiner, et je vous prie, M. le secrétaire perpétuel, de les transmettre à l'Académie, avec prière de me faire connaître son avis sur chacune d'elles. »

Cette lettre, communiquée à la commission de la biographie, semblait devoir modifier en partie ses vues. Il y fut répondu dans ce sens; mais le manque de fonds nécessaires ne permit pas d'entamer les travaux.

Loin cependant de rétrécir son sujet, l'Académie crut devoir l'étendre encore, et sur la proposition de sa commission de biographie nationale, elle émit l'idée de former un *Panthéon national*, et de mettre en relief, sous les yeux de la nation, les hommes ayant le plus illustré le nom Belge par leurs vertus ou leurs talents, et dont la biographie était appelée à immortaliser leur mérite. « Il a paru aux commissaires, disait le rapport, que l'idée d'un Panthéon national était grande et généreuse; qu'elle était propre à stimuler favorablement l'esprit public, et en même temps à donner une impulsion utile aux beaux-arts. Il est temps de concentrer davantage les efforts de nos artistes pour arriver à produire quelque chose de monumental, qui soit digne de cette époque, si digne elle-même de l'ancienne splendeur de l'école flamande (1). »

Le plan général, en prenant plus de développement, présentait aussi plus de difficultés. La commission spéciale formée par l'Académie, s'était réunie cependant à diverses reprises : les deux dernières réunions eurent lieu le 1er décembre 1848 et

(1) Sur un *Panthéon national*, rapport du secrétaire perpétuel, *Bulletins*, t. XVI, 2e partie, p. 589, séance de la classe des beaux-arts du 6 décembre 1849.

le 16 du même mois, on avait fini par être d'avis que la publication projetée devait se subdiviser par époques, et qu'il fallait traiter séparément

L'époque romaine;
» franque;
» des croisades.

L'histoire de chaque époque devait être précédée d'une introduction historique et comprendre comme sous-divisions principales :

1° Les sciences, la technologie;
2° Les sciences politiques, les lettres, l'art militaire;
3° Les beaux-arts.

Pour conserver un caractère d'unité au travail, il fut, en outre, convenu qu'il y aurait un comité central de rédaction.

La commission, qui n'espérait pas, à ce moment, d'obtenir un subside spécial, avait cru devoir s'ajourner; elle ne s'était réunie que le 7 juillet 1851 sur la demande du Ministre de l'intérieur, et sur la promesse qu'une allocation lui serait enfin accordée.

La dépêche ministérielle, écrite vers la fin de 1851, fit cesser les doutes qu'on pouvait encore avoir à l'égard des frais d'exécution (1); elle demandait en même temps si l'Académie avait terminé ses rapports sur les différents travaux que lui recommandait l'arrêté royal pris au moment de sa réorganisation.

Dans la séance de la classe des lettres du 2 août 1852, le secrétaire perpétuel rappela à son tour les termes de cet ar-

(1) *Bulletins*, XVIIIe vol., 2e partie, p. 509, séance du 1er décembre 1851.

rêté (1). « Par suite du manque de fonds nécessaires pour commencer ces grandes entreprises, disait-il, l'Académie s'est vue forcée d'en ajourner l'exécution. Cependant, M. le Ministre de l'intérieur ayant fait connaître, dans ces derniers temps, qu'il était disposé à demander à la Législature un subside extraordinaire, il a été nommé trois commissions spéciales chargées de préparer les éléments d'un rapport général, exposant la marche à suivre pour satisfaire à l'arrêté précité, et un aperçu des dépenses que nécessiteraient les trois publications faites simultanément. »

« Deux de ces commissions ont déjà déposé leurs rapports par l'intermédiaire de M. le baron de Stassart et de M. Snellaert (2). La troisième, celle de la *Biographie nationale*, n'a pas encore terminé son travail. M. Fétis, par suite des occupations nombreuses que lui impose la direction du conservatoire, n'a pu achever le rapport qu'il avait bien voulu consentir à rédiger. La classe a été d'avis de laisser au savant rapporteur le temps nécessaire pour terminer sa tâche et de donner à M. le Ministre de l'intérieur les renseignements nécessaires sur les causes du retard. »

Bientôt cependant M. F. Fétis annonçait à la commission que son âge avancé et ses nombreux travaux ne lui permet-

(1) *Bulletins*, t. XIX, 2e partie, p. 559.

(2) Pour la *littérature française* et la *littérature flamande*. La commission pour la littérature flamande, créée depuis, a publié, par les soins de MM. David, président, Snellaert, Bormans, Carton et De Decker, quatre volumes des œuvres inédites de Van Maerlant. La commission pour les monuments de la littérature belge-française s'occupe de formuler un plan de publication qu'elle soumettra au Gouvernement pour la collection des grands écrivains du pays.

taient pas de faire le rapport demandé, et il invitait ses ollègues à porter leur choix sur un autre membre.

Les choses en étaient restées là, quand, à la séance du 4 avril 1859, l'idée de la rédaction d'une *Biographie nationale* fut reprise par M. le baron J. de Saint-Genois, qui déposa à cet effet une proposition formelle adoptée par ses confrères (1).

On peut voir dans les bulletins publiés cette année et pendant les derniers mois de l'année précédente, les mesures qui ont été prises pour l'examen et l'adoption d'un règlement organique, pour la nomination, l'organisation et l'installation d'une commission définitive, et enfin pour arriver à la réalisation des projets émis et conçus dès la fin de l'année 1845 (2).

(1) *Bulletins*, 2me série, t. VI, p. 434, séance du 4 avril 1859.

(2) Voir l'arrêté royal inséré p. 45, et les *Bulletins*, 2me série, t. IX, p. 594.

Histoire de l'art en Belgique.

Dans une des premières séances qui suivirent la réorganisation de l'Académie, M. le secrétaire perpétuel appela l'attention des membres de la classe des beaux-arts sur la nécessité de compléter l'un des arrêtés que le gouvernement venait de prendre au sujet de l'art. (1) « Il exprimait le regret de ce qu'on ne possédât point une histoire artistique de la Belgique, retraçant pour les différentes époques et depuis les temps les plus reculés les costumes, la forme et les ornements des habitations, les meubles et les instruments employés pour les besoins de la vie, enfin tout ce qui peut caractériser les mœurs des différentes classes de la société.

« Un pareil ouvrage, disait-il, ne serait pas seulement d'une grande importance pour l'études des mœurs, mais encore d'une utilité incontestable pour les artistes, qui ont de nombreuses et difficiles recherches à faire chaque fois qu'il s'agit de retracer une scène d'une époque un peu reculée. Pour exécuter ce travail, il faudrait consulter de nombreux ouvrages, les manuscrits et les dessins du temps, les médailles, les bas-reliefs, et en général tous les restes des monuments chez nos ancêtres; il faudrait aussi interroger les antiquités que les recherches archéologiques ont fait découvrir, et réunir des dessins fidèles de nos vieux édifices. Quelques travaux de détail ont déjà été tentés chez nous avec plus ou moins de succès. En mettant à

(1) *Bulletins*, tome XIII, 1re partie, page 133, séance du 6 février 1846.

profit tous ces précieux documents, on pourrait faire un travail d'ensemble qui serait un véritable monument national, digne sous tous les rapports de la sollicitude de notre jeune Académie.

» Le moyen le plus simple pour y réussir, serait peut-être de traiter séparément les différentes époques par des mémoires académiques, dont quelques-uns pourraient former l'objet de concours spéciaux.

» Dès à présent, les membres de la classe des beaux-arts pourraient réunir, soit par eux-mêmes, soit par leurs relations dans le royaume, des renseignements sur tout ce qui se rattache à notre histoire artistique. Ces documents, sous forme de simples notes, seraient remis successivement à chaque séance, et la classe désignerait, plus tard, quelques-uns de ses membres pour les coordonner et tracer le plan de travail qu'on aurait à suivre (1).

» Par ces communications, on ferait en même temps connaître les richesses artistiques que renferme le royaume. L'ignorance où nous sommes sur l'existence de la plupart d'entre elles, leur a souvent été funeste; et bien des fois l'on n'a eu connaissance d'un monument remarquable qu'au moment même où il cessait d'exister. C'est encore ainsi que des tableaux ou des sculptures d'un haut intérêt, ont passé dans des pays étrangers, tandis qu'on aurait pu en prévenir la perte, s'ils avaient été mieux connus. »

Ces propositions, appuyées par plusieurs membres, furent prises en considération, et l'on décida qu'elles feraient l'objet d'un examen ultérieur.

Dans la séance du mois d'avril suivant, M. Érin Corr appuya

(1) Le travail de M. Ed. Fétis sur les artistes belges qui ont vécu à l'étranger a comblé depuis cette lacune, du moins en partie.

par différents exemples l'utilité de la mesure proposée; et il fut résolu qu'une commission spéciale serait nommée pour étudier le plan proposé (1).

La nomination de cette commission ayant eu lieu dans la séance suivante, le 14 mai (2), M. le secrétaire perpétuel présenta à cette occasion les considérations suivantes : « L'histoire artistique de la Belgique intéresse à la fois tous les membres de la classe des beaux-arts, et exige le concours de chacun d'eux pour arriver à d'utiles résultats. On conçoit cependant qu'il serait impossible de mettre de l'unité dans un travail qui serait confié à un aussi grand nombre de personnes.

» L'impulsion doit partir d'un centre; il convient donc de former une commission composée de peu de membres, de cinq par exemple, qui discute et arrête, d'abord, le plan qu'il faudra suivre.

» Ce plan étant bien déterminé, serait soumis ensuite à la sanction de la classe.

» Pour le former, il faudrait surtout avoir égard aux considérations suivantes :

» 1° Faire que les travaux de l'histoire artistique de la Belgique se lient intimement à ceux entrepris par la classe des lettres pour dresser l'atlas archéologique du royaume ;

» 2° Poser à chacune des sections de la classe une série de questions, et indiquer les points sur lesquels doit principalement se fixer l'attention des membres ;

» 3° Établir des relations dans tout le royaume, telles que l'on parvienne à la connaissance exacte des objets artistiques les plus précieux qui s'y trouvent ;

(1) *Bulletins*, tome XIII, 1re partie, page 294.

(2) *Ibid.*, page 494.

» 4° Indiquer les moyens de former un *Musée national* qui présente une image fidèle du pays aux principales époques de son histoire ;

» 5° Admettre le principe que la rédaction sera faite par la commission : mais le travail serait divisé, et chaque partie confiée à un membre qui en prendrait la responsabilité ;

» 6° Chaque année, les membres seraient soumis à une réélection ;

» 7° Des voyages artistiques devraient être faits dans le but de recueillir des renseignements nouveaux sur les lieux mêmes, et de contrôler ceux qui auraient été recueillis déjà. »

Ces bases ayant été admises, la commission fut composée de MM. Fétis père, Van Hasselt, Bock, Alvin et Quetelet. Lors de la constitution du bureau, ce dernier fut nommé président, et M. Van Hasselt fut désigné comme secrétaire de la commission. Plus tard MM. Schayes et Éd. Fétis furent également appelés à apporter le concours de leurs lumières.

La commission fit connaître dans la séance du 10 juillet 1846 les résultats de ses premiers travaux (1). Différentes observations lui furent communiquées pour rendre les recherches aussi complètes que possible, et dans la séance du 9 octobre suivant (2), M. Van Hasselt, secrétaire de la commission, lut le rapport suivant sur les travaux qu'elle avait entrepris :

« Dans notre séance du 6 février, une proposition d'une haute importance fut déposée sur le bureau de la classe des

(1) *Bulletins*, tome XIII, 2me partie, page 86.

(2) Rapport sur la rédaction d'une histoire artistique de la Belgique. (Commissaires MM. Fétis, Alvin, Bock, Quetelet, Schayes et Van Hasselt, rapporteur). *Bulletins*, tome XIII, 2me partie, page 252.

beaux-arts par M. le secrétaire perpétuel. Cette proposition avait pour objet la rédaction d'une « histoire artistique de la » Belgique, retraçant pour les différentes époques, depuis les » temps les plus reculés, les costumes en usage, soit chez le » peuple, soit chez les grands, la forme et les ornements des » habitations, les meubles et les instruments les plus employés » pour les besoins de la vie, et tout ce qui peut, en général, » caractériser les différentes classes de la société. »

» L'utilité d'un travail de cette nature fut unanimement reconnue. Car il a pour objet, non-seulement d'épargner aux artistes des recherches souvent très-difficiles et toujours très-fastidieuses, quand ils veulent s'initier à la vie domestique ou *intérieure* de la nation, mais encore d'élargir le cercle des connaissances historiques, en jetant de nouvelles lumières sur les mœurs, les usages et les habitudes de nos ancêtres, et d'élaircir plusieurs questions archéologiques qui sont encore enveloppées de ténèbres. Aussi, une commission fut-elle immédiatement instituée à l'effet de tracer un plan de rédaction, et de déterminer la part que prendrait à ce travail chacune des différentes sections dont la classe des beaux-arts se compose. La commission s'est livrée à un examen attentif de ce projet, et c'est le résultat de cet examen que nous avons l'honneur de vous faire connaître aujourd'hui.

» Après avoir mûrement étudié la proposition, nous avons trouvé qu'elle renferme quatre objets principaux, savoir :

» 1° La rédaction d'une statistique générale des objets d'art qui se trouvent en Belgique ;

» 2° La conservation et le classement de ces objets ;

» 3° La formation d'un tableau chronologique des costumes, meubles, armes, ustensiles, instruments des sciences et des arts, etc.

» 4° L'histoire et l'esthétique de l'art en Belgique.

» Ce point arrêté, la commission a pensé que le tableau statistique des objets d'art qui se trouvent en Belgique devait être divisé en quatre parties. La première s'occuperait de l'architecture; la deuxième de la plastique, sculpture en pierre, bois, cuivre, métaux et ivoire, ciselure et glyptique; la troisième, des arts du dessin, peinture, gravure; des applications des arts du dessin à l'industrie, verrerie, émaux, étoffes, tapis, etc.; et la quatrième, de la musique, instruments des sciences et des arts, manuscrits.

» Ce tableau statistique servira d'abord à faire connaître les objets dont la proposition de M. Quetelet s'occupe.

» On pourra ensuite indiquer leur classement et les mesures à prendre pour leur conservation. Ici, il y aura une nouvelle sous-division à faire : la première catégorie des objets constatés comprendra ceux qui doivent être conservés à la place même qu'ils occupent; dans la seconde, seront compris ceux qui peuvent ou qui doivent être réunis dans le musée national.

» Ces travaux préparatoires terminés, la classe pourra dresser un tableau chronologique des costumes, meubles, armes, ustensiles, instruments des sciences et des arts. Ce tableau pourra se composer de quatre parties principales: savoir :

» 1° Édifices et maisons, ainsi que leurs décorations intérieures et extérieures;

» 2° Costumes et armes;

» 3° Meubles et ustensiles en usage dans la vie publique et privée;

» 4° Instruments servant aux arts et aux sciences.

» Quant au plan à adopter pour la rédaction d'une histoire de l'art en Belgique, la commission n'a pas cru devoir s'en occuper dès ce moment. D'ailleurs, les éléments nécessaires pour un travail de ce genre nous manquent encore. Il reste un grand nombre de questions à éclaircir, et ce n'est qu'après beaucoup de recherches et d'études, secondées par les concours annuels de la classe, que l'on pourra entreprendre enfin une histoire de l'art flamand.

» Tel est, Messieurs, le plan de travail que la commission a l'honneur de vous soumettre pour ce qui concerne les trois premières parties de la proposition de M. Quetelet. Elle pense que la classe pourrait se diviser en quatre comités, dont chacun s'occuperait d'une des branches suivantes :

» 1° *Architecture*. Membres : MM. Bourla, Suys et Roelandt. Rapporteurs : MM. Bock et Schayes.

» 2° *Arts du dessin, peinture, gravure et applications des arts du dessin à l'industrie, verrerie, émaux, étoffes, tapis*, etc. Membres : MM. De Keyser, Gallait, Leys, Madou, Navez, Verboeckhoven, Wappers, Corr et Buschmann. Rapporteur : M. Alvin.

» 3° *Plastique, sculpture en pierre, bois, cuivre, métaux et ivoire, ciselure et glyptique*. Membres : MM. Braemt, Guill. Geefs, Joseph Geefs et Simonis. Rapporteur : M. Van Hasselt.

» 4° *Musique, instruments des sciences et des arts, manuscrits*. Membres : MM. De Bériot, Hanssens, Snel et Vieuxtemps. Rapporteurs : Fr. MM. Fétis et Quetelet.

» Il y aurait de plus un comité central de rédaction, qui se composerait des rapporteurs des quatre sections, présidé par le secrétaire perpétuel, auteur de la proposition. »

Cette proposition fut adoptée.

Le 6 novembre suivant (1), le secrétaire perpétuel fit les pro-

(1) *Bulletins*, tome XIII, 2me partie, page 327.

positions suivantes, qui furent acceptées par la classe des beaux-arts. :

1° D'écrire au gouvernement pour obtenir la communication de tous les documents qu'il avait en sa possession, et qui pourraient servir à la *rédaction d'une statistique générale des objets d'art qui se trouvent en Belgique.*

2° De faire un appel semblable à tous les amis des arts, et de décerner une médaille d'or de la valeur de 200 francs à celui qui aurait, pendant le cours de l'année, fait les communications les plus utiles.

Dans la séance du 18 mai suivant (1), le Ministre de l'intérieur fit connaître qu'il mettrait à la disposition de la classe des beaux-arts tous les documents qu'il possédait, et qui pouvaient être de quelque utilité au travail projeté. « Je me fais, en outre, un plaisir de porter à votre connaissance, ajoutait ce haut fonctionnaire, que l'administration des beaux-arts fait, en ce moment, dresser une statistique nouvelle des objets d'art appartenant aux provinces, aux communes et aux églises, et que ces renseignements seront transmis à l'Académie au fur et à mesure qu'ils me seront adressés. En ce moment, M. le secrétaire perpétuel, veuillez faire savoir à la Compagnie que le gouvernement aidera de tous les moyens qui seront en son pouvoir, la réalisation du travail important qu'elle a commencé, etc. »

Ces promesses obligeantes n'eurent point de résultat. M. Quetelet rappela à ce sujet que, dans la séance du 6 février 1846 (2), une commission spéciale chargée de s'occuper de tout ce qui se rapporte à l'*Histoire de l'art* avait été nommée ; que le con-

(1) *Bulletins*, tome XIV, 1re partie, page 544.

(2) *Ibid.*, t. XVII, 1re partie, p. 559.

cours du Gouvernement avait été demandé et promis; que des remercîments furent adressés à M. le Ministre avec prière de vouloir bien communiquer, d'après ses offres bienveillantes, les pièces relatives à la statistique des arts qui se trouvaient déjà à son département; mais que cette demande avait été probablement perdue de vue, la classe n'ayant reçu ni les renseignements demandés, ni aucune communication des pièces provenant de l'enquête faite dans les communes. M. Quetelet demanda en dernier lieu s'il ne convenait pas de faire une nouvelle démarche auprès de M. le Ministre, et cette proposition fut adoptée.

Dans la séance du 6 février 1851, M. Van Hasselt rendit verbalement compte des principales résolutions prises par la commission, pour donner à ses travaux l'activité qui lui manquait, par suite de plusieurs circonstances étrangères à sa volonté. Il fut décidé alors qu'on ferait un appel direct aux personnes qui, dans les provinces, s'intéressent à l'histoire de l'art, et qui se trouvent en position de consulter les anciennes archives, particulièrement celles des cathédrales du pays.

M. Fétis insistant sur les renseignements précieux qu'on peut puiser à de pareilles sources, cita, comme exemple, les découvertes faites dans les archives de la cathédrale d'Anvers. « Lorsque, dit ce savant artiste, la classe prit la résolution de s'occuper de la formation d'une *Histoire de l'art en Belgique*, elle a compris qu'elle ne pouvait accomplir son œuvre qu'en remontant aux sources originales. Elle s'est alors adressée au Gouvernement, dans l'espoir d'obtenir, par son intermédiaire, les documents qui lui sont nécessaires; mais les années qui se sont écoulées dans une attente inutile démontrent que la classe doit prendre elle-même l'initiative des recherches.

» Cela reconnu, la commission instituée par la classe des

beaux-arts, pour préparer les bases du grand travail projeté, s'est demandé quelle direction serait la meilleure pour les recherches auxquelles elle se propose de se livrer. Et d'abord elle a compris que l'histoire de l'art se divise en deux parties distinctes, savoir : les faits historiques et l'appréciation des œuvres des artistes. Pour atteindre le but important de la vérité, de la certitude historique, une seule voie est ouverte, c'est-à-dire celle des documents contemporains de chaque époque. Mais où chercher ces documents? Nul doute que ce ne soit dans les dépôts d'archives ou générales ou particulières. Tout ne s'est pas conservé; car les hasards de la guerre, les troubles politiques, les révolutions et les incendies ont anéanti ou ont fait disparaître des multitudes de titres précieux; mais ce qui n'est pas perdu peut encore offrir d'immenses ressources qui n'ont pas encore été explorées jusqu'à ce jour. Les comptes des églises, des monastères, des villes et des cours princières peuvent fournir une riche moisson de renseignements sur les artistes et sur leurs travaux dans les anciens temps, et là seulement on trouvera la révélation de faits du plus haut intérêt, qu'on chercherait vainement ailleurs..... Nul doute qu'une bonne et solide histoire de la musique belge, œuvre digne de l'Académie, est aujourd'hui possible, au moyen des sources qui viennent d'être indiquées. L'architecture, la sculpture, la peinture, la gravure me paraissent être dans des conditions plus favorables encore; car les monuments de tous les âges sont en quelque sorte sous les yeux de tout le monde; et quant aux faits historiques, les ressources sont les mêmes. Dans mon opinion, la classe des beaux-arts de l'Académie ne peut être détournée de son noble dessein, par la crainte de ne pouvoir le réaliser, faute de documents; qu'elle ne s'arrête donc pas dans l'attente d'une coopération du Gouvernement qui lui fait défaut jusqu'à ce jour, et qu'il ne paraît pas disposé à lui accorder. »

Plusieurs savants et artistes du pays voulurent bien promettre leur concours, entre autres M. Polain, membre de l'Académie à Liége (1), M. l'abbé Carton, membre de l'Académie à Bruges, M. Jules Borgnet, archiviste à Namur (2).

M. Gachard, de son côté, appela l'attention de la classe sur les ressources qu'on trouverait dans les archives de l'État et des communes (3); il pensait qu'il serait utile de faire entreprendre des recherches dirigées vers ce but, et d'inviter le Gouvernement à réunir, par l'entremise de ses agents diplomatiques, les catalogues des principales galeries qui existent à l'étranger, surtout des collections qui renferment les œuvres des anciens maîtres belges.

M. Fétis reprit le même sujet dans la séance du 28 mai 1856 (4). A la séance suivante, la classe invita la commission à s'occuper des observations qui lui avaient été soumises; et, le 3 juillet suivant, le secrétaire, M. Van Hasselt, donna lecture d'un procès-verbal dont les considérations furent reproduites au *Bulletin*, transmises à M. le Ministre de l'intérieur (5), et dont nous croyons devoir reproduire ici les principaux passages.

« M. Fétis donne connaissance d'un travail entrepris par la classe des beaux-arts de l'Institut de France, sous le titre de *Dictionnaire des beaux-arts*, et insiste sur la nécessité de

(1) *Bulletins*, t. XVIII, 1re partie, p. 248.
(2) *Ibid.*, p. 353.
(3) *Ibid.*, t. XX, 2me partie, p. 704.
(4) *Ibid.*, t. XXIII, 1re partie, pp. 719 et 780.
(5) *Ibid.*, t. XXIII, 2me partie p. 147.

donner suite au projet d'une histoire de l'art en Belgique, projet admis en principe par la classe des beaux-arts de l'Académie, il y a dix ans. Selon l'honorable membre, et la commission tout entière partage cet avis, il est de l'honneur de la classe de reprendre ce travail qui se rattachera par plus d'un côté à celui dont l'Institut de France s'occupe en ce moment, mais qui aura un caractère plus particulièrement national et qui, en outre, présentera d'une manière plus suivie qu'on ne peut le faire dans la forme d'un dictionnaire, le développement successif des différentes branches de l'art en Belgique....

» L'appel fait à la classe par M. Fétis père, dans la séance du 28 mai, à l'effet de reprendre le travail momentanément abandonné, a eu pour objet la présente réunion de la commission, qui, à l'unanimité de ses membres, se déclare prête à répondre au vœu de la classe.

» Elle agite d'abord la question de savoir sur quel plan le travail sera conçu. Après discussion, elle décide que l'ouvrage sera divisé en cinq parties différentes, et que chacune de ces divisions aura pour objet l'une des branches spéciales de l'art, à savoir : l'architecture, la sculpture, la peinture, la gravure et la musique; que chacune de ces parties sera confiée à celui d'entre les membres de la commission qui a fait de telle ou telle spécialité l'objet de ses études particulières; que l'architecture sera traitée par M. Schayes, la sculpture par M. Édouard Fétis (si la classe désigne cet honorable membre pour faire partie de la commission, comme celle-ci le propose), la peinture par M. Van Hasselt, la gravure par M. Alvin, et la musique par M. Fétis père; et que tous ces travaux partiels seront coordonnés par le président de la commission, auquel sera confiée, en outre, la rédaction d'une introduction générale.

» La commission croit pouvoir insister d'autant plus sur la nécessité de donner suite à cette entreprise, que le moment lui semble prochain où il pourra être procédé à un travail d'ensemble sur l'histoire des différentes branches de l'art dans notre pays. En effet, depuis quelques années, il a paru une foule de documents nouveaux qui comblent une grande partie des lacunes ouvertes encore dans notre histoire artistique, ou qui modifient des idées erronées, mais admises depuis longtemps par une sorte de droit de prescription; une quantité de dates ont été rectifiées, une quantité de faits inconnus ont été produits. Ces documents, ces dates et ces faits, il s'agit de les recueillir et de les coordonner, puis de les mettre en œuvre, lorsque ce travail préparatoire sera terminé. En outre, le rôle des recherches prend chaque jour plus de développements, et il faut, en lui imprimant une certaine direction, en tirer parti pour obtenir des résultats nouveaux, que le dépouillement des archives et des comptes de nos établissements civils et religieux ne peut manquer d'amener.

» Mais il ne faut pas se le dissimuler, ce travail préparatoire sera long, souvent difficile, et nécessairement dispendieux; car non-seulement il obligera à de fréquents déplacements pour permettre aux membres de la commission d'aller examiner sur les lieux les monuments d'architecture, de sculpture et de peinture que l'art belge a produits en Belgique ou dans les pays étrangers; d'aller étudier dans les collections étrangères les œuvres de nos graveurs, dont les collections qui existent en Belgique ne possèdent pas d'échantillon; d'aller prendre connaissance dans les bibliothèques publiques ou dans les dépôts particuliers des compositions imprimées ou manuscrites des anciens musiciens belges, qui y sont enfouies et oubliées peut-être, par suite de la transformation que le goût musical a subie; mais encore il obligera à faire faire des transcriptions complètes ou partielles de ces productions.

» D'après l'opinion de M. Fétis, une somme annuelle de 5,000 francs suffirait pour faire face aux dépenses que ces travaux préparatoires pourraient entraîner. La commission adopte ce chiffre, et estime qu'il y a lieu de demander qu'une allocation semblable soit accordée à la classe pour lui permettre de donner suite à une œuvre que l'intérêt de l'histoire du pays réclame, et qu'il est de l'honneur de l'Académie d'entreprendre. »

Ces conclusions ayant été transmises au Ministre de l'intérieur, provoquèrent, de la part de celui-ci, la demande de quelques explications sur le plan de l'œuvre projetée; dans la séance du 14 octobre 1858 (1), M. Van Hasselt répondit qu'il avait soumis, à cet effet, à la commission, une communication déjà approuvée par elle et dont, après lecture, la classe décida également que l'envoi serait fait au Ministre. Ce fut la dernière communication officielle échangée à ce sujet entre l'Académie et le Gouvernement.

(1) *Bulletins*, 2me série, tome V, p. 323.

NOTICES BIOGRAPHIQUES.

NOTICE SUR CHARLES LENORMANT,

ASSOCIÉ DE L'ACADÉMIE,

Né à Paris, le 1er juin 1802, mort à Athènes, le 22 novembre 1859 (1).

Charles Lenormant naquit à Paris le 1er juin 1802. Bien jeune encore, il eut, en 1816, le malheur de perdre son père, Charles-François Lenormant, originaire d'Orléans, et qui exerçait à

(1) Bien des notices ont été publiées sur Charles Lenormant, peu de temps après sa mort. J'ai pris connaissance de presque tout ce qui a été écrit sur la vie et les travaux de cet illustre savant, et bien des documents m'ont été fournis par la famille, à laquelle m'attachent d'anciens liens d'amitié. (Voir un article de M. Vitet, dans le *Journal des Débats* du 18 décembre 1859; un article de M. Prosper Mérimée, dans le *Moniteur universel* du 1er janvier 1860; un article de M. de Carné, dans le *Correspondant* du 25 décembre 1859) Une notice très-étendue de M. Foisset est placée en tête des deux volumes, *Beaux-arts et voyages*, que Mme Lenormant publie chez l'éditeur Michel Lévy.

Les journaux belges ont aussi rendu hommage à la mémoire de M. Ch. Lenormant. (Voir le *Journal des beaux-arts* du 31 décembre 1859; le *Journal de Bruxelles* des 29 novembre, 4, 8 et 10 décembre 1859; le *Journal d'Anvers* des 3 et 10 décembre 1859.)

Paris les fonctions de notaire (1). Le jeune Lenormant était destiné à suivre la carrière paternelle, mais des goûts bien décidés le poussaient dans une autre voie. Il avait eu le bonheur, rare alors, de recevoir une excellente éducation classique (2). Déjà sur les bancs du collége, au lycée Napoléon comme à Charlemagne, il montrait les plus heureuses dispositions. Ce fut dans un voyage qu'il fit en Italie et en Sicile, dans les années 1824 et 1825, avec le célèbre amateur M. E. Durand, que son penchant pour les études archéologiques se manifesta; on peut dire que ce voyage lui révéla toute sa destinée. Le goût des arts, inné chez lui, l'amena à l'étude des monuments antiques. On conçoit d'ailleurs que la vue des chefs-d'œuvre de l'art ancien et moderne dût produire une vive impression sur l'esprit d'un jeune homme doué d'une imagination ardente et sensible. M. Lenormant sentait vivement; à une mémoire excellente, il joignait la connaissance des principales langues de l'Europe et l'amour du travail. De telles dispositions le préparaient tout naturellement aux études sérieuses et difficiles. Il savait apprécier tout ce qui est beau, et toute sa vie il conserva ce culte pour les choses grandes, nobles et belles.

(1) La famille Lenormant, originaire de Calais, et peut-être du Pont-de-l'Arche, en Normandie, s'est signalée dans l'échevinage d'Orléans. Une de ses branches, passée dans la noblesse d'épée, figure dans l'*Histoire du Berry* de La Thaumassière. Le premier Lenormant qui vint se fixer à Orléans était un bourgeois de Calais qui, en 1347, ne voulut pas se soumettre à la domination anglaise. L'un de ses descendants se trouva au siége d'Orléans avec Jeanne d'Arc.

(2) Voir dans le *Correspondant*, t. VIII, p. 81, ce que dit M. Lenormant de son maître aimé, M. Lizarde.

Ce voyage, qui décidait sans retour de sa vocation, devait avoir encore une autre influence sur son avenir; il lui fit rencontrer une compagne digne de lui, dont l'esprit élevé se montra à la fois capable de le comprendre et de semer sur le chemin parfois pénible de la science ce charme qui en tempère l'aridité. Il avait vingt-deux ans. A Naples, à son retour de Sicile, il avait été présenté à Mme Récamier; il avait vu sa nièce, sa fille adoptive, Mlle Amélie Cyvoct. Il la revit à Rome l'hiver suivant, et, seize mois après leur première rencontre, leur union fut bénie à l'Abbaye-aux-Bois, à Paris, le 1er février 1826 (1).

Peu de temps auparavant, la position de M. Lenormant avait été fixée par sa nomination à la place de sous-inspecteur des beaux-arts dans la maison du roi Charles X. Le comte Turpin de Crissé occupait alors le poste d'inspecteur général des beaux-arts, et c'est avec un sentiment touchant que, dans la *Notice* (2) consacrée par M. Lenormant à la mémoire de M. le comte de Turpin, il dit : « Je regarde comme un des bonheurs de ma » vie, comme une faveur signalée de la Providence, la circon» stance qui me mit, à mon entrée dans le monde, sous la » direction immédiate de M. le comte de Turpin. »

Tels furent les commencements de cette carrière, qui devait être si active et si féconde.

En 1826, un voyage dans le nord de l'Italie procura à M. Lenormant l'occasion de voir Turin, Milan et Venise. L'année suivante, il visita la Belgique et la Hollande.

A peine avait-il passé deux ans au milieu de la société d'élite qui se pressait dans le salon de Mme Récamier, qu'il s'arracha à sa jeune femme et au charme de son intérieur. On voit dans sa

(1) *Souvenirs et correspondance de Mme Récamier*, t. II, p. 198.
(2) Voir le journal *l'Union* du 2 juin 1859.

correspondance combien cette séparation lui coûtait; c'était un rude sacrifice qu'il s'imposait; mais il poursuivait un noble but, celui de profiter d'une occasion, on peut dire unique, pour accroître ses connaissances et satisfaire sa passion pour l'archéologie.

Au mois de juillet 1828, il partit pour l'Égypte avec Champollion le jeune et la commission scientifique envoyée par le gouvernement français pour explorer la terre des Pharaons, et pour y vérifier l'une des plus belles découvertes des temps modernes, celle de la langue hiéroglyphique. On se rappelle les intéressantes lettres du jeune savant, publiées dans le journal *le Globe* : Alexandrie, Saïs, le Caire, Memphis, Sakkarah, le Sphinx, les Pyramides, Hermopolis, Beni-Hassan, la ville pharaonique de Psinaula, aspect de la haute Égypte, Syout, Denderah, Thèbes, temple d'Hermonthis, Syène, île de Philæ, etc.

Avoir Champollion pour guide, assister à ses découvertes, être le confident de ses pensées, quels avantages pour un homme qui pressentait l'immense portée de ces découvertes! On aime à lui entendre dire : « Quoique le public ne connaisse encore qu'une
» faible partie des résultats qu'a procurés à Champollion la dé-
» couverte de l'alphabet phonétique, on a déjà pu se faire l'idée
» de ce que de pareils travaux supposent de pénétration, de con-
» stance et de sûreté de jugement, et l'Europe est là pour rendre
» témoignage à mes paroles; mais ce que bien peu ont pu appré-
» cier comme moi, c'est cette promptitude qui commande le ré-
» sultat, cette force d'intuition qui n'appartient qu'au génie, et
» en même temps cette candeur dans l'investigation de la vérité,
» cette noble simplicité à avouer l'erreur quand elle est reconnue,
» cette résignation tranquille à ignorer ce qu'il n'est pas temps
» de savoir..... Puisse ce témoignage d'une admiration sincère
» et d'une amitié dévouée acquitter en partie la dette que

» tant de marques de confiance et d'intérêt m'ont imposée (1) ! »

M. Lenormant faisait ce long voyage à ses frais, en amateur, sans mission officielle. Après avoir vécu quatre mois sur le Nil, il revint à Alexandrie, et là il apprit qu'il avait été nommé membre de la commission scientifique de Morée.

Vers la fin de mars 1829, il débarquait à Navarin, plein d'enthousiasme pour la terre classique qu'il allait visiter et de sympathie pour la cause des Grecs modernes. Car, comme l'a si bien dit M. Wallon, « il aimait dans la Grèce non pas seulement » une ruine, un souvenir fameux, mais une renaissance (2). » Au siége de Lépante, il éprouva la plus vive émotion en entendant tonner le canon des chrétiens. Ce nom de Lépante éveillait à lui seul les plus grands souvenirs.

Ainsi, tout en portant son attention sur les ruines et les monuments antiques du Péloponèse, il assista aux derniers efforts des Grecs pour reconquérir leur indépendance, « vivant comme » eux dans les cavernes des montagnes, n'ayant pour nourri- » ture que des racines sauvages sur cette terre où le feu et le fer » avaient détruit jusqu'aux derniers vestiges de la civilisa- » tion (3). »

Après avoir parcouru la Morée et visité l'île d'Égine, où se trouvait alors le siége du nouveau gouvernement grec, il retourna en France, avec le regret de n'avoir pu entrer dans la ville d'Athènes, encore occupée par les Turcs.

Il débarqua à Toulon le 17 du mois de juillet, et se rendit à Paris pour solliciter un nouveau congé et repartir pour la Grèce,

(1) *Beaux-arts et voyages*, t. II, p. 179.

(2) Discours de M. Wallon.

(3) Discours, prononcé aux funérailles de M. Lenormant, par M. Dragoumis, délégué de la municipalité d'Athènes.

en emmenant cette fois sa jeune femme avec lui. Mais ces projets de voyage n'eurent pas de suite, à cause des événements politiques.

Ce fut à la fin de cette même année 1829 que j'eus l'occasion de voir pour la première fois M. Lenormant; je le rencontrai chez M. Durand, le célèbre collecteur, qui possédait une des plus belles collections d'antiquités que jamais particulier ait réunie (1).

Au commencement de 1830, M. Lenormant avait été nommé conservateur des monuments d'art dans les résidences royales, fonctions qu'il remplit jusqu'à la révolution de juillet. Il n'avait point désiré cette révolution, « mais il fut un de ceux qui ac-
» cueillirent avec tout l'entrain de la jeunesse la perspective
» d'un ordre de choses où la part serait plus largement faite à
» la liberté (2). »

M. Guizot, alors ministre, appréciant les rares qualités de M. Lenormant, la variété de ses connaissances, l'abondance et l'originalité de ses idées sur les arts, le nomma chef de la section des beaux-arts au Ministère de l'intérieur (3). Il sortit de ce poste quand M. Guizot quitta le Ministère, en octobre 1830, et, renonçant volontairement à un avenir brillant, il se réfugia dans l'asile paisible des bibliothèques publiques.

D'abord nommé conservateur à la bibliothèque de l'Arsenal, il entra, en 1832, au Cabinet des médailles, avec le titre de conservateur-adjoint, sous MM. Letronne et Raoul Rochette.

(1) Voir l'*Annuaire de l'Académie*, 1859, *Notice sur Théodore Panofka*, p. 184.

(2) *Souvenirs et correspondance de Mme Récamier*, t. II, p. 393.

(3) On peut voir au chapitre X des *Mémoires de M. Guizot*, t. II, p. 65, ce que l'éminent homme d'État dit de ses relations avec M. Lenormant.

Il y avait déjà plusieurs années qu'il s'occupait d'écrire sur les arts; ses premiers articles remontent à 1827. Il avait rendu compte de plusieurs expositions dans les journaux et les revues de l'époque. Plus tard, ces articles furent recueillis en deux volumes in-8°, sous le titre : *Les artistes contemporains*, Paris, 1833. Il aimait aussi beaucoup la musique, et, en 1831, il s'était chargé, dans le journal *le Temps*, du feuilleton du Théâtre-Italien. Comme l'a dit à ce sujet M. Vitet, « en peu » d'années il eut pris place parmi les juges les plus experts et » les plus délicats dont alors, en matière de goût, le public » acceptât les arrêts. »

Je citerai ici, au nombre des premiers travaux de M. Lenormant, avant aussi bien qu'après son retour d'Égypte et de Grèce, une étude sur le système hiéroglyphique, une autre sur les vases grecs, un travail sur les vitraux peints, des articles sur les monuments de Milo et d'Égine, sur le théâtre de Lillebonne, en Normandie, sur les vases d'argent trouvés à Bernay, sur les divinités cosmiques, sur une statue de Gæa, sur le héros Cantharus, etc.

Entré au Cabinet des médailles, un nouveau champ s'ouvrit à son activité.

Jusqu'en 1834, M. Lenormant n'avait encore publié que des articles critiques sur les arts, des impressions de voyages, et quelques dissertations archéologiques, très-remarquées au moment de leur apparition Il entreprit alors, avec l'éditeur La Chevardière, un travail gigantesque, sous le titre de *Trésor de numismatique et de glyptique*, 20 volumes in-folio, Paris, 1834-1850.

La même année 1834, un voyage en Allemagne lui donna l'occasion de visiter les principales villes de ce pays et de voir les musées de Munich, de Dresde, de Vienne, de Berlin, etc. Ce fut alors qu'après avoir reconduit son ami Théodore Panofka à Berlin (1), il établit des relations avec plusieurs des savants les plus éminents de l'Allemagne, entre autres avec Thiersch et Ottfried Müller. Il retourna en France en passant par le Tyrol et l'Italie.

Un des fondateurs de la *Société de l'histoire de France*, il faisait partie, depuis l'origine de la société (1834), du conseil administratif et du comité de publication C'est à lui qu'est due la mise au jour d'un grand nombre de documents publiés par cette société, entre autres les papiers d'État de Mathieu Molé.

En 1835, M. Guizot choisit M. Lenormant pour le suppléer comme professeur dans sa chaire d'histoire à la Faculté des lettres de Paris. Comme M. Lenormant se croyait insuffisamment préparé à l'enseignement de l'histoire moderne, il obtint, par voie d'échange amiable avec Lacretelle, de se charger du cours d'histoire ancienne, et par là trouva le moyen de prendre dans ses études favorites le sujet de ses leçons. Alors, remontant aux sources historiques les plus anciennes, il aborda successivement l'histoire des Chaldéens, celle des Égyptiens, des Assyriens, des Phéniciens.

A partir de l'hiver de cette même année 1835, mes relations avec M. Lenormant devinrent plus fréquentes et plus intimes. J'avais entrepris, à la sollicitation des héritiers de M. Durand, mort à Florence au mois de mars, la rédaction du catalogue de sa collection d'antiquités. M. Lenormant, qui s'intéressait aux monuments anciens de tout genre, qui avait vu se former, pour ainsi dire sous ses yeux, cette merveilleuse collection, et qui, d'un autre côté, se rappelait ses relations avec M. Durand, re-

(1) Voir l'*Annuaire de l'Académie*, 1859, p. 186.

lations qui, comme on l'a vu, eurent, au début de sa carrière, une si grande et si heureuse influence sur son avenir, voulut bien me venir en aide dans ce travail. On sent combien étaient précieux pour moi les conseils d'un savant qui, à cette époque, s'était déjà acquis une grande réputation par ses travaux archéologiques, qui avait beaucoup voyagé, et qui avait vu presque tous les musées et toutes les collections de l'Europe. C'est avec un sentiment de bonheur et de reconnaissance que je me rappelle ces entretiens si instructifs. De jour en jour, j'apprenais à apprécier davantage les éminentes qualités de M. Lenormant, sa prodigieuse mémoire et les ingénieuses ressources de son esprit d'initiative. Il savait discerner l'intérêt d'un monument avec une promptitude et une sûreté de coup d'œil qui formaient un des traits les plus caractéristiques de cet esprit éminent. Bien des hommes d'élite n'ont pas la faculté de savoir communiquer aux autres les connaissances qu'ils ont acquises. M. Lenormant avait le don de faire apprécier et goûter la science et de rendre intéressantes toutes les questions qu'il traitait.

On passait des heures entières au milieu de cette magnifique collection (1) à examiner les vases peints, à discuter sur les sujets, à déchiffrer les inscriptions tracées sur ces monuments fragiles et délicats. C'était un véritable cours pratique d'archéologie qui avait lieu plusieurs fois par semaine.

Dans le courant du même hiver de 1835 à 1836, M. Lenormant ouvrit le cours d'histoire à la Faculté des lettres, où l'avait

(1) Cette collection fut vendue aux enchères publiques au mois d'avril 1836. Un grand nombre des vases peints passèrent au Musée Britannique; quelques-uns furent achetés par le Musée du Louvre, deux ou trois de ces vases sont aujourd'hui au Musée d'armes et d'antiquités, à Bruxelles.

appelé la confiance de M. Guizot. J'assistai régulièrement aux leçons du nouveau professeur, qui, dès le début, sut captiver l'attention de son auditoire, et apporta dans l'enseignement public des considérations aussi neuves que spirituelles.

Un peu plus tard, M. Lenormant voulut bien m'associer à ses études sur la mythologie, quand il entreprit, dans le *Trésor de numismatique et de glyptique*, la *Nouvelle galerie mythologique* (1). Cet ouvrage, qui avait pour but de donner une suite aussi complète que possible de sujets mythologiques, uniquement empruntés aux types des médailles et aux pierres gravées, est resté malheureusement inachevé. Ce qui en a paru se borne à quelques-unes des principales divinités de la Grèce et de Rome, et encore les commentaires qui devaient accompagner chaque divinité ont été supprimés pour les derniers chapitres, où l'on s'est contenté de donner une description sommaire des monuments.

C'est dans le texte de cette *Galerie mythologique* que M. Lenormant donna libre carrière au développement de ses idées ingénieuses. Tout cela est appuyé par des citations de textes, par des notes et par toutes les ressources que peut fournir l'érudition. Quelques points des plus curieux et des plus obscurs du polythéisme y sont traités, et font regretter que l'auteur n'ait pu terminer un travail d'ensemble sur les religions de l'antiquité.

Je laisse parler ici M. Mérimée : « Les religions des peuples
» de l'antiquité furent pour lui l'objet d'une étude assidue.
» En effet, elles ont laissé dans tous leurs ouvrages des traces
» impossibles à méconnaître. Leurs temples, leurs tombeaux,

(1) Voir l'avertissement placé en tête de mon *Catalogue de vases peints et bronzes antiques du prince de Canino*, Paris, 1837, in-8°.

» leurs médailles, la plupart des motifs d'ornementation dont
» ils furent si prodigues, présentent des symboles religieux et
» se rattachent à de mystérieuses croyances.

» Pour les esprits superficiels, la religion des anciens n'est
» qu'une image de leurs gouvernements.

» L'Olympe est un sénat délibérant des affaires divines et
» humaines sous la présidence de Jupiter. Chaque dieu est un
» magistrat ayant son ressort et son gouvernement. Tel est en
» effet, à peu près, le résumé des notions que les gens du
» monde ont puisées dans la lecture des poëtes. Mais à côté
» de cette religion officielle et arrangée selon un certain esprit
» d'ordre politique, on s'aperçoit bientôt qu'il en a existé
» beaucoup d'autres, que chaque peuple, chaque cité, ...,
» ont eu leur culte particulier et leurs légendes divines. Ces
» légendes ou ces mythes renferment presque toutes les notions
» que peuvent posséder des sociétés primitives. L'histoire et la
» fiction s'y mêlent si intimement que le point de transition
» entre l'une et l'autre est impossible à fixer. Souvenirs des
» grands cataclysmes, astronomie, géographie, métaphysique,
» tous les mystérieux sujets des premières méditations hu-
» maines s'y trouvent confondus dans des récits brillants de
» coloris, auxquels vraisemblablement chaque génération a
» joint quelque trait de sa façon. Le génie grec transforme tout
» ce qu'il touche et le marque d'un cachet si original, qu'on
» hésite à le soupçonner d'avoir emprunté à ses voisins. Pour-
» tant, cette civilisation hellénique si puissante, si expansive,
» qui a réagi d'une manière si énergique sur nos sociétés mo-
» dernes, ne s'est pas développée spontanément sur le sol de
» la Grèce, et les Grecs eux-mêmes nous racontent qu'ils ont
» eu des maîtres, héros ou demi-dieux, venus de l'Orient, pos-
» sesseurs de connaissances surnaturelles qu'ils ont semées sur

» le sol le plus digne de les faire fructifier. Ainsi, ce n'est pas » seulement à la Grèce qu'il faut demander l'explication de ses » mystères, c'est l'Égypte, c'est l'Asie qu'il faut interroger. Le » champ des recherches s'agrandit à mesure qu'on y pénètre. »

S'il m'est permis d'ajouter ici quelques considérations personnelles, je dirai que l'étude des traités philosophiques de Platon, et en particulier du *Cratyle* et de l'*Euthyphron*, avait conduit M. Lenormant à chercher dans la décomposition des noms propres l'étymologie des noms des dieux et des héros. Les allusions directes ou indirectes, les jeux de mots entrent pour une part notable dans la composition des légendes religieuses, et les monuments sont là pour l'attester. En effet, ne trouve-t-on pas à chaque instant sur les monnaies les armes parlantes des villes qui les ont fait frapper? Certains signes, certains symboles font de même allusion à la divinité protectrice, au hércs fondateur; d'autres rappellent les épithètes sous lesquelles on invoquait les dieux ou les personnages héroïques honorés d'un culte spécial. Le panthéisme est partout et le symbolisme antique donne la facilité de multiplier l'unité divine, en la réfléchissant dans un cortége plus ou moins nombreux. De là le dualisme, la forme triple ou multiple, et cette tendance à étendre, à décomposer pour ainsi dire la conception primitive d'une grande divinité, par les armées des dieux et de leurs adversaires les géants, par le vaste cortége du dieu des ondes et celui du dieu des vendanges.

Les religions anciennes présentent un chaos de traditions confuses, et la plupart du temps il est bien difficile de trouver un fil pour se guider dans ce labyrinthe. En général, on peut observer que, dans l'énonciation d'un fait mythologique, les détails deviennent plus abondants à mesure que la poésie s'en empare. C'est à cause de ces développements qu'il faut s'efforcer de ramener les conceptions religieuses à de grandes masses, à des formes essentielles, sans s'attacher trop aux détails ou à l'extension prise par les récits originaux. Sans doute les détails offrent aussi leur intérêt et on aurait tort de n'en pas tenir compte, car il arrive qu'un fait presque insignifiant a donné lieu à un culte local et fourni à un grand artiste le motif d'un chef-d'œuvre. C'est à établir ces grandes divisions, à grouper les faits autour d'une tradition primitive que M. Lenormant s'attachait de préférence, et cependant cet esprit si fécond, si délicat, ne rejetait pas, sans examen, la scholie la plus obscure, le trait le moins apparent négligé par la patiente érudition des savants allemands.

Mais je m'arrête : il n'y a pas lieu ici d'entrer dans le développement des idées de M. Lenormant sur les religions des peuples de l'antiquité.

Le *Trésor de numismatique*, auquel M. Lenormant a travaillé une grande partie de sa vie, embrasse bien d'autres séries que la galerie mythologique. On y trouve la numismatique des rois grecs, une iconographie des empereurs romains et de leurs familles, les bas-reliefs du Parthénon et de Phigalie. Le moyen âge occupe aussi une grande place; cette époque y est représentée par les médailles des papes, les sceaux des rois et reines de France, ceux des rois et reines d'Angleterre, des grands feudataires de la couronne, des communes, des communautés, évêques et barons. L'histoire moderne à son tour a fourni au *Trésor* les médailles de Charles VII à Napoléon Ier, l'histoire de l'art monétaire chez les modernes, les médailles coulées et ciselées en Italie, et un choix de médailles exécutées en Allemagne. A l'ornementation enfin sont consacrés deux volumes, sous le titre de *Recueil de bas-reliefs et d'ornements*.

A peu près à l'époque où furent mises au jour les premières

livraisons de la nouvelle galerie mythologique, parut l'*Étude de la religion phrygienne de Cybèle*, premier travail didactique de l'auteur sur les religions de l'antiquité (1), et où l'on trouve une masse de faits et des considérations neuves sur un des cultes les plus singuliers du monde ancien. Cette étude devait être complétée par une suite d'articles; il n'en a été publié que la première partie et ce qui en a paru fait regretter que l'auteur, empêché par l'accomplissement de nombreux devoirs et entraîné par d'autres recherches, ait abandonné un travail qui a un cachet d'originalité des plus remarquables.

En 1836, à la mort du vénérable M. Van Praet, M. Lenormant quitta le cabinet des médailles pour occuper la place de conservateur au département des livres imprimés de la Bibliothèque Royale. Il rendit des services signalés à ce dépôt littéraire, le premier du monde, par son activité, par son labeur, par le choix et le discernement qu'il apporta aux acquisitions, et par une espèce d'exposition permanente des anciennes reliures les plus remarquables, qu'il rangea par ordre de dates et de pays (2).

Vers la fin de 1836, M. Lenormant qui m'avait aidé de ses conseils dans la rédaction du catalogue de la collection de M. Durand, examina avec moi les vases peints du prince de Canino, dont une notable partie venait d'être transportée à Paris (3). Avec quelle bonté, avec quel empressement ne se

(1) *Nouvelles annales de l'Institut archéologique*, tome Ier. Paris 1836.

(2) M. Mérimée fait observer que les progrès de la reliure moderne ont prouvé que cette pensée avait porté ses fruits.

(3) La plupart des vases du prince de Canino se trouvent aujourd'hui à Londres et à Munich.

rendait-il pas à mes désirs de connaître ses appréciations, de m'éclairer de son savoir, de profiter de son expérience! Sans parler des explications qui lui appartiennent, nombre d'idées et de rapprochements m'étaient fournis par lui pour ce nouveau catalogue de vases peints (1).

Ainsi se formaient et se continuaient ces liens de collaboration qui n'ont été interrompus que par la mort. En 1837, les études entreprises en commun prirent une nouvelle extension par la publication d'un vaste recueil de vases peints : l'*Élite des monuments céramographiques*. Les vases de terre peinte que l'on a désignés longtemps sous la dénomination fausse et erronée de vases étrusques, n'ont attiré l'attention des savants qu'à partir du siècle dernier. Il n'existe que quelques rares passages chez les anciens sur cette poterie enrichie de dessins et de figures et employée à nombre d'usages. Aristophane en fait mention. Peu remarqués, à ce qu'il paraît, à la Renaissance des lettres, il n'en fut guère question en France, avant le comte de Caylus, au XVIIIme siècle.

L'Élite des monuments céramographiques est, avec le Trésor de numismatique, la publication la plus importante de M. Lenormant. Ce qui distingue cet ouvrage, c'est d'avoir été conçu et exécuté en partie d'après un plan méthodique, présentant un système général sur les monuments de l'art céramographique, déjà publiés ou encore inédits. Les vues d'ensemble avaient manqué aux recueils des Millin, des Laborde, des Mil-

(1) L'avertissement placé en tête du *Catalogue* (Paris 1837) indique la part prise par M. Lenormant à ce travail. — La même remarque s'applique au *Catalogue* de la collection de M. le vicomte Beugnot (Paris 1840), ainsi qu'aux éclaircissements sur les papyrus égyptiens de M. l'abbé Greppo (Paris, 1856).

lingen, des Raoul-Rochette, des Panofka, ainsi qu'à ceux de MM. Gerhard, le duc de Luynes et Welcker. Les ouvrages publiés par ces savants avaient pour objet d'expliquer un certain choix de vases inédits, ou de donner au public la description de quelque collection particulière. L'Élite des monuments céramographiques devait embrasser les vases peints de toutes les fabriques, de tous les âges, de toutes les collections, et avoir plusieurs divisions : 1° les dieux, 2° les héros, 3° les sujets historiques, 4° les mystères, 5° les sujets funéraires, 6° enfin, la vie privée, les usages, les mœurs domestiques.

De ces divisions, on n'était arrivé en 1859 qu'à compléter dans le quatrième volume du recueil la suite des douze grands dieux; encore, au moment où la mort surprit M. Lenormant à Athènes, la moitié du texte du quatrième volume restait à faire (1).

Rapprocher les diverses compositions qui ont pour objet la représentation d'une même scène mythologique, faire connaître les variantes que les artistes anciens introduisaient dans ces compositions, tel était le but que l'on s'était proposé. Nous pouvons citer ici comme exemples, le retour de Vulcain à l'Olympe, la naissance de Minerve, la naissance d'Érichthonius, la dispute musicale d'Apollon et de Marsyas, la métamorphose d'Actéon. Chacun de ces mythes a fourni aux artistes des compositions

(1) L'auteur de cette notice vient de terminer la description et l'interprétation des sujets gravés dans les planches du IVme volume de l'*Élite des monuments céramographiques*. Il avait été décidé, du vivant de M. Lenormant et d'accord avec l'éditeur, M. Leleux, que l'on s'arrêterait à la série des douze grands dieux, travail qui forme, dans l'état actuel des études archéologiques, un chapitre aussi complet que possible de ces sortes de compositions.

plus ou moins dissemblables, plus ou moins simples ou compliquées, et il est intéressant de comparer les compositions les plus simples avec celles que des développements successifs sont venus modifier ou changer complétement. Ces rapprochements fournissent des résultats inattendus et souvent font comprendre l'intention qui animait l'artiste dans les dispositions nouvelles données à une scène.

En 1838, M. Lenormant se fit recevoir licencié et docteur ès lettres, et à cette occasion il publia deux thèses remarquables. La première intitulée : *Quæstio cur Plato Aristophanem in convivio induxerit*, a pour but de montrer le rôle de la comédie dans les religions de l'antiquité. La seconde a pour titre : *Recherches sur l'origine, la destination chez les anciens et l'utilité actuelle des hiéroglyphes d'Horapollon.*

Au mois de septembre 1838, il fit avec M. Ampère et moi un voyage en Toscane. Nous débarquâmes à Livourne et visitâmes Pise, Lucques, Florence, Sienne et Volterra (1). Nôtre aimable et spirituel compagnon de voyage, M. Ampère, a publié un récit de cette excursion dans la *Revue des deux mondes* (15 novembre et 15 décembre 1839), sous le titre de *Voyage Dantesque.*

(1) J'écrivais à ma mère, le 20 septembre 1838, de Marseille : « Voyager seul a ses charmes et ses inconvénients; voyager avec » un ami a aussi ses avantages et ses désavantages. Il faut pour un » compagnon de voyage, avec lequel on veut faire et achever une » tournée, bien des choses..... qui se rencontrent rarement. Je n'ai » qu'à me féliciter d'avoir associé ma destinée de voyageur à celle » de M. Lenormant. Nous nous convenons parfaitement, lui par sa » supériorité incontestable et par ses connaissances presque uni» verselles, moi par le prix que je sais attacher à son expérience et » à son savoir. »

En 1838, M. Lenormant voulut faire le cours d'histoire moderne à la Faculté des lettres, et, comme il l'a dit lui-même, accomplir son devoir de professeur dans toute son étendue. On se rappelle les succès brillants qu'il obtint; le grand amphithéâtre de la Sorbonne ne pouvait suffire à contenir les auditeurs qui se pressaient pour entendre sa parole. Cet accroissement de travaux, ce changement dans ses études de prédilection, ne l'empêchèrent pas de poursuivre ses travaux archéologiques.

Le 25 janvier 1839, l'Académie des inscriptions et belles-lettres l'admit dans son sein, en le nommant membre ordinaire (1). Bien des travaux, bien des titres scientifiques lui avaient mérité cet honneur. Nous avons déjà parlé de quelques-uns de ses ouvrages. Il faut y ajouter son *Introduction à l'histoire de l'Asie occidentale*, 1 vol. in-8°, Paris 1837. Écrit avec clarté, avec méthode, ce livre montre l'étendue des études auxquelles l'auteur s'était livré et résume heureusement une partie des leçons données à la Faculté des lettres, pendant les années 1835 à 1838. On y trouve au chapitre VII, une comparaison du tableau ethnographique de la Genèse avec les figures des différentes races humaines que les Égyptiens ont reproduites dans les sculptures peintes des tombeaux des rois.

Comme académicien, personne n'avait l'ardeur, le zèle et l'activité de M. Lenormant. Constamment prêt à répondre aux questions les plus diverses, sa prodigieuse mémoire lui four-

(1) Le fauteuil occupé par M. Ch. Lenormant a sa première origine en 1716. Les académiciens qui s'y sont succédé sont : l'abbé Sallier, pensionnaire de 1716 à 1741 ; d'Égly, de 1742 à 1749; Bertin de Blagny, de 1749 à 1759 ; Le Beau (jeune), de 1759 à 1766, Ameilhon, de 1766 à 1793 et de 1795 à 1811 (quatrième section de la troisième classe); Amaury Duval, de 1811 à 1838 ; Ch. Lenormant, de 1839 à 1859.

nissait en outre les plus ingénieux rapprochements. Il prenait part à toutes les discussions scientifiques et savait toujours y apporter de vives lumières. « Et telle était l'autorité de sa » parole, que sur les matières dont il faisait l'objet principal » de ses études, il semblait que son approbation ou son oppo- » sition donnassent une sanction ou un ébranlement à la doc- » trine à l'occasion de laquelle elle se manifestait (1). » Comme l'a dit à ce sujet M. Wallon : « Il apportait dans les discus- » sions, avec un savoir presque universel, l'ardeur et l'entrain » qu'il mettait en toutes choses, et s'il a trouvé des contradic- » teurs, il n'a pas laissé d'ennemi, car si sa parole était quel » quefois vive, son cœur était toujours bon : et c'est là tout » l'homme. »

En 1840, M. Lenormant fut nommé agrégé d'histoire.

La même année, quand M. Letronne fut appelé à la direction des Archives du royaume, M. Lenormant rentra au Cabinet des médailles, en qualité de conservateur, et cette fois pour n'en plus sortir. Sensible au plus haut degré à tout ce qui pouvait faire honneur à son pays, il était fier et il avait le droit de l'être de ces admirables collections, créées par la munificence de Louis XIV. Il cherchait à augmenter ces richesses, à profiter de toutes les occasions favorables pour étendre et compléter les séries numismatiques. « N'étant resté étranger à aucune des » branches de l'archéologie et à aucune des parties de la nu- » mismatique, il a développé comme parallèlement les diffé- » rentes séries des collections, parce qu'il n'en est pas une qui » ne contienne, à ses yeux, une aspiration ou une expression de » la science. La collection des monnaies françaises, celle des » cylindres babyloniens ne lui ont pas été moins redevables

(1) Discours de M. Taschereau, *Moniteur* du 7 décembre 1859.

» que les séries des médailles grecques et gauloises (1). C'était son bonheur, son orgueil que de maintenir et d'augmenter la supériorité du médaillier confié à sa garde. Aussi les intérêts du cabinet passaient-ils bien avant les siens. Son zèle et son activité ne se laissaient jamais rebuter par les obstacles, et souvent, pour ne pas priver la collection publique d'une pièce remarquable, ne craignait-il pas de contracter des dettes, malgré la médiocrité de sa fortune personnelle. Si des amis partageant ses nobles idées de dévouement et d'abnégation lui venaient en aide, il fallait voir avec quelle délicatesse il savait apprécier des services rendus au cabinet des médailles. Et tel était même son amour pour la science, qu'un service rendu au cabinet avait à ses yeux mille fois plus de prix qu'un service personnel. Que dirai-je de l'accueil qu'il faisait aux hommes vraiment studieux, de l'empressement et de l'obligeance qu'il mettait à fournir des renseignements, de la façon dont il savait faire les honneurs des collections à la tête desquelles il était placé! Ses manières étaient parfaites, et tous les savants étrangers, tous les hommes distingués qui ont visité le cabinet des médailles depuis vingt ans, savent l'accueil qui les y attendait et les facilités qu'ils trouvaient auprès du conservateur pour voir, étudier et faire des recherches. Mais ce que ne peuvent dire que ceux qui ont vécu dans des rapports d'étroite et intime amitié avec M. Lenormant, c'est la bonté de son cœur, la sympathie qu'il savait inspirer et le charme qu'on éprouvait à écouter sa parole.

Au mois d'avril 1840, j'accompagnai M. Lenormant en Angleterre, à l'époque où M. Guizot était ambassadeur à Londres. Notre but était surtout de voir avec soin les monuments antiques conservés au Musée Britannique. Nous avions pour compagnon

(1) Discours de M. Taschereau.

de voyage un magistrat éminent, M. Ferey, conseiller à la Cour royale de Paris. Des excursions à Oxford, à Windsor, à Hampton-Court et dans quelques autres endroits, complétèrent ce voyage, au terme duquel, tandis que M. Lenormant retournait en France, je m'embarquai seul pour la Hollande.

Quand on aime les grands et nobles souvenirs, qu'on est sensible aux belles créations de l'art et qu'on se passionne pour l'étude de l'antiquité, l'Italie et la Grèce sont les pays que tout archéologue désire voir de ses propres yeux. Athènes, Rome, sont des noms qui ont le privilége d'exercer un effet magique sur tout homme voué à des études sérieuses. Il avait été souvent question d'entreprendre ensemble un voyage en Orient En 1841, ce projet put être mis à exécution. M. Lenormant, chargé d'une mission politique par M. Guizot, alors Ministre des Affaires Étrangères, retournait pour la seconde fois en Grèce. MM. Ampère et Mérimée s'étaient joints à nous pour visiter ce pays aux antiques souvenirs. Nous étant embarqués à Marseille le 1er août, nous commençames par visiter Rome et Naples. Ceux qui ont eu le bonheur de voir Rome, connaissent les émotions qu'on éprouve en présence des monuments de la ville éternelle. C'était un avantage inappréciable pour moi de visiter Rome, guidé par un archéologue qui avait vécu dans cette grande capitale, avec un ami en compagnie duquel j'avais déjà fait plusieurs voyages scientifiques et dont depuis six ans j'étais devenu le collaborateur actif.

Nous débarquâmes au Pirée le 12 septembre, et le premier qui nous accueillit sur le sol de la Grèce, fut M. Mary, chargé d'affaires de Belgique à Athènes, que j'avais connu à Bruxelles et avec lequel nous venions de faire un mois auparavant la traversée de Marseille à Civita-Vecchia. « Personne n'a touché » sans émotion, dit M. Mérimée, cette terre sacrée où tant de

» grands souvenirs s'accumulent dans de si étroits espaces. » L'Attique, en effet, n'a pas l'étendue d'un département de France. Le nombre des monuments rassemblés sur l'Acropole, autour du Parthénon, est prodigieux, et on a peine à comprendre comment les temples, les portiques, les édicules, les statues pouvaient y tenir leur place, sans confusion et sans nuire à l'effet général. L'Aréopage est un rocher calciné par les ardeurs du soleil qui ailleurs n'obtiendrait pas la plus mince attention. Le Pnyx où Démosthènes a prononcé ses harangues est une tribune de quelques pieds carrés, taillée dans le roc vif. Delphes est situé dans un étroit vallon, de l'aspect le plus sauvage et à peine accessible. Quant au défilé des Thermopyles, il n'a pour ainsi dire pas changé d'aspect, depuis le jour où Léonidas le défendit contre les Perses, à la tête de ses trois cents Spartiates. A quelque distance de ce défilé, à la descente du mont Thémis, un accident qui aurait pu avoir des suites graves arriva à M. Lenormant; il fit une chute de cheval et se démit l'épaule. M. Mérimée ajoute : « Je n'ai jamais vu malade plus résigné, plus » calme; une seule chose le préoccupait, l'impossibilité de cou- » rir les montagnes. » L'inaction était pour lui un vrai supplice.

Notre retour à Athènes, en passant par Lamia, Stylidi, Chalcis et Oropo, s'effectua avec beaucoup de difficultés, partie à dos de mulet, partie par mer. Enfin, le vendredi 8 octobre 1841, nous arrivâmes à Athènes, après un voyage très-fatigant, mais plein d'intérêt.

Peu de jours après, MM. Mérimée et Ampère partirent pour se rendre dans l'Asie Mineure et visiter les ruines d'Éphèse, de Magnésie du Méandre et de Sardes.

Pendant son séjour à Athènes, M. Lenormant eut l'occasion de ranger et de mettre en ordre les médailles antiques du roi, et à son départ d'Athènes, le 20 octobre, S. M. le roi Othon lui envoya la croix en or de l'ordre du Sauveur, honneur doublement mérité par l'archéologue et le philhellène. En quittant la Grèce, M. Lenormant visita l'Asie Mineure et Constantinople, et s'embarqua le 13 novembre sur le *Véloce*, qui ramenait en France M. de Pontois, ambassadeur près la Porte Ottomane.

Le nom de M. Lenormant était connu dans toute l'Europe ; un grand nombre de corps savants avaient tenu à honneur de l'inscrire parmi leurs membres, leurs associés ou leurs correspondants. Vers la fin de 1841, l'*Académie royale des sciences, des lettres et des beaux-arts de Belgique*, le nomma associé étranger (1).

(1) Voici, par ordre chronologique, les titres académiques de M. Lenormant :

Membre de l'Institut de correspondance archéologique de Rome (1829) ; un des directeurs (1857).
Correspondant de l'Académie royale des sciences de Turin (1832).
— de l'Académie impériale et royale des beaux-arts de Vienne (1836).
Membre de l'Institut de France (Académie des inscriptions et belles-lettres) (1839).
Correspondant de la Société archéologique d'Athènes (1841).
Associé de l'Académie royale des sciences, des lettres et des beaux-arts de Belgique (1841).
Membre de l'Académie de la religion catholique de Rome (1842).
Correspondant de l'Académie pontificale d'archéologie (1842).
— de l'Académie d'Herculanum (1843).
Membre de l'Institut de Washington (1844).
— de la Société des antiquaires de France (1845), président annuel de cette société en 1848.
Correspondant de l'Académie royale des sciences de Berlin (1845).

C'est au retour de ce second voyage en Orient que M. Lenormant se montra tout à fait chrétien, et qu'il renonça complétement aux préjugés qu'il avait partagés avec la plupart des hommes de son temps. Les principes religieux qu'il avait puisés dans sa famille n'avaient pas été étouffés par le scepticisme. Le travail, l'étude, l'amour passionné de la vérité qu'en toutes choses il recherchait avec une ardente bonne foi, l'amenèrent, non pas tout d'un coup, mais par degrés, à reconnaître les vérités du christianisme. Ce changement dans les idées de M. Lenormant se manifesta à l'époque où, forcé d'étudier les sources de l'histoire moderne, il passa de l'examen des traditions et des croyances du paganisme à l'étude des faits postérieurs à l'établissement de la doctrine de l'Évangile. Voici comment il s'exprime lui-même : « Jusque-là, je n'avais jeté sur les faits du » christianisme que les regards paresseux et distraits de » l'homme du monde : désormais, il me fallait remonter aux » sources et discuter les preuves avec l'attention, la gravité que » m'imposait un devoir public. L'effet de ce travail fut pro» gressif, mais sûr. A mesure que j'avançais dans ma tâche, » je sentais s'affaiblir, s'effacer les préventions irréligieuses que » je devais à mon éducation, à mon siècle. De la froideur je » passai bientôt au respect : le respect me conduisit à la foi.

Correspondant de la Société des antiquaires du nord de Copenhague (1845).
— de la Société des beaux-arts d'Athènes (1845).
— de la Société des antiquaires de Londres (1847).
Membre de la Société royale de littérature de Londres (1852).
— du conseil de la Société asiatique et du conseil de la Société de l'histoire de France, à sa fondation en 1834.
Correspondant de la Société royale d'Upsal et membre ou correspondant d'un grand nombre d'académies de provinces, etc.

» J'étais chrétien et je voulais contribuer à faire des chré-
» tiens (1). »

On aime à répéter de telles paroles : elles donnent une haute idée de l'homme; elles font connaitre ses sentiments intimes; on y voit toute la franchise et la droiture de son caractère.

Combien de fois ne parlait-il pas de ces choses à ses amis! il ne pouvait garder pour lui seul la vérité, quand il pensait l'avoir trouvée. « Son genre d'esprit, comme l'a si bien dit M. Vitet, ne le lui permettait pas. » Que de fois ne lui arrivait-il pas de me confier ce qui se passait de plus intime dans son âme!

Ce qui précède explique les combats qui se livraient dans ce noble cœur. Il y avait plusieurs années que son langage était chrétien, « mais, dit M. Vitet, un degré lui restait à franchir. La
» conviction, chez lui, si vive et si peu cachée qu'elle fût, n'était
» encore que théorique. Il croyait et ne pratiquait pas : incon-
» séquence assez commune dont il se hâta de sortir sans faste,
» comme sans effort. De ce jour, dans ses moindres paroles, on
» sentit l'empreinte de sa foi. »

Il avait porté dans l'enseignement ces fortes croyances catholiques; « car il n'était pas homme à craindre d'en faire publi-
» quement profession, » a dit M. Wallon. Le volume qu'il a publié sous le titre de *Questions historiques* (Vme-IXme siècle), son travail sur les *Associations religieuses dans la société chrétienne*, et un grand nombre d'articles de discussion religieuse insérés dans le *Correspondant*, témoignent de l'ardeur et de la force de ses convictions. Aussi ses écrits exercèrent-ils une influence décidée sur la question de la liberté d'enseignement, question si vivement controversée à cette époque.

En 1846, quand le pouvoir fit interdire un cours public dans

(1) *Lettre aux auditeurs du cours d'histoire moderne*, 1846.

lequel se produisaient de fâcheuses témérités, l'émeute, à titre de représailles et au nom de la liberté du professorat, « vint envahir sa chaire et lui disputer la parole par l'insulte. Il demeura tant qu'il jugea nécessaire de défendre par son calme et par sa dignité le droit du professeur; il se retira, ce devoir accompli, lorsqu'il crut en avoir un autre à remplir, celui de prouver, par le sacrifice même de sa place, la fermeté de ses convictions (1). »

On a honte de ces excès quand on relit la sténographie de ces leçons à la Faculté des lettres; car si M. Lenormant défendait avec chaleur les principes catholiques, son langage ne cessait jamais d'être modéré, et il savait en même temps respecter les convictions contraires, quand elles se produisaient avec sincérité. « Mais la jeunesse studieuse a ses préjugés, dit M. Mérimée, et elle n'aime pas à les perdre, encore moins à les discuter. »

En quittant la chaire de professeur, M. Lenormant accepta la charge de rédacteur en chef du *Correspondant*.

En 1848, il fut nommé président de la commission des monuments historiques, dont il était membre depuis 1832, époque de sa fondation. On sait tout le zèle qu'il apportait à la conservation des anciens édifices qui rappellent des souvenirs glorieux ou qui ont de l'intérêt sous le rapport de l'art, quel empressement il mettait à visiter les monuments historiques, quel soin il prenait pour aviser aux moyens d'empêcher leur ruine ou leur destruction. Il aimait autant les vieilles cathédrales que les monuments d'une époque plus ancienne, et c'est bien à tort qu'on pourrait lui reprocher de la partialité pour les antiquités grecques ou romaines, car il savait apprécier les monuments de tous les âges.

(1) Discours de M. Wallon.

En 1849, il fut nommé professeur d'archéologie au Collége de France, sur la présentation des professeurs et recteurs du collége et à la presque unanimité des suffrages des membres de l'Académie des inscriptions et belles-lettres. « C'est ainsi, dit » M. Wallon, que le Collége de France, qui avait été le prétexte » des avanies suscitées à M. Lenormant, lui en assurait la ré- » paration la plus éclatante. »

A partir de ce moment, renonçant à l'éclat de l'enseignement, il s'enferma dans l'explication des textes hiéroglyphiques, comme pour rendre un dernier hommage à la mémoire de Champollion, son illustre maître. Et cependant, s'il l'eût voulu, à l'exemple de Letronne, qui parlait devant un auditoire nombreux et choisi, rien n'était plus facile que de retrouver les succès de son premier cours, en choisissant pour programme de ses leçons, soit les beaux siècles des arts en Grèce, soit les antiquités chrétiennes. Mais il avait pris le parti de se tenir à l'écart, loin des luttes, et aucune considération n'aurait été capable de le faire changer d'avis.

« Il appartenait au premier des disciples de Champollion, dit » M. Mérimée, de continuer l'enseignement que celui-ci avait » fondé. Dès les premiers pas qu'il avait faits dans la carrière » scientifique, il avait compris l'importance de cette grande » découverte, et jamais il n'a cessé d'en signaler la portée. »

En 1851, il fit un voyage à Londres avec son jeune fils, au moment de l'exposition universelle. C'était le troisième voyage qu'il faisait en Angleterre; car il y était retourné en 1849.

En 1854, il avait eu le bonheur de faire restituer aux collections du Vatican des pierres gravées antiques, connues depuis longtemps par le recueil de Ficoroni (1), et qui avaient été dé-

(1) *Gemmæ literatæ*, Roma, 1758, in-4°.

robées pendant la révolution de 1848. Le souverain pontife Pie IX envoya à M. Lenormant la croix en or de Saint-Grégoire-le-Grand, noble récompense, et qu'avait légitimement méritée le zélé défenseur des croyances catholiques (1).

En 1855, il quitta la direction du *Correspondant*, sans cesser pourtant sa collaboration.

En 1856, il fit avec son fils un voyage intéressant en Auvergne et dans le midi de la France. Chaque voyage lui fournissait l'occasion de faire de nouvelles observations sur les monuments antiques qu'il visitait. C'est ainsi qu'en étudiant les bas-reliefs et les inscriptions de l'arc de triomphe d'Orange, il parvint à fixer la date de la construction de ce monument. L'arc d'Orange a été élevé en mémoire de la défaite de Julius Florus et de Julius Sacrovir, sous le règne de Tibère. Cette étude fit l'objet d'un mémoire des plus intéressants dont un extrait a été lu à la séance publique des cinq académies, le 17 août 1857.

A l'automne de 1858, il retourna à Rome, également avec son fils, et, à son retour en France, il montra plus d'ardeur, plus d'activité que jamais. C'est peu de temps après que parut dans le *Correspondant* un remarquable article sur les catacombes de Rome (2), article dans lequel sont signalées les admirables découvertes de M. le chevalier J.-B. de' Rossi.

De 1854 à 1858, plusieurs mémoires importants furent communiqués à l'Académie des inscriptions par le savant archéologue. Parmi les sujets traités par lui, je citerai : *Manière de lire Pausanias à propos du véritable emplacement de l'agora*

(1) Décorations : chevalier de la Légion d'honneur, 1837 ;
— (en or) du Sauveur de Grèce, 1841 ;
— (en or) de Saint-Grégoire-le-Grand, 1854.

(2) Février 1859.

d'Athènes, la Lesché de Delphes, le Cratyle de Platon, les Antiquités du Bosphore cimmérien, les représentations dans les mystères d'Éleusis.

En 1859, M. Lenormant partit, au mois d'octobre, pour entreprendre ce funeste voyage qui lui a coûté la vie. « Il voulait » montrer la Grèce à son fils, formé par lui, dit M. Mérimée, » aux fortes études, et qui apportait sur cette terre classique le » savoir d'un homme mûr et les émotions d'un jeune homme de » vingt-trois ans. » C'était un projet qu'il nourrissait depuis de longues années; il en parlait déjà à l'époque de son second voyage en Orient. Il tenait à montrer lui-même à son fils Rome et Athènes. Ce désir a été accompli, mais, hélas, au prix de quel sacrifice !

Pendant plusieurs semaines, le voyage fut heureux; le père et le fils avaient été fêtés partout; ils étaient sur le point de retourner en France, mais comme il restait encore quelques jours à employer, M. Lenormant n'avait garde de perdre un temps qui pouvait être utile à l'étude. S. M. le roi Othon avait mis à sa diposition un *cutter* destiné à des promenades en mer. On se disposait à visiter quelques points du Péloponèse. Le temps était magnifique au départ, mais bientôt, à la suite d'un orage, une pluie glacée succéda à un soleil brûlant.

Le 10 novembre, M. Lenormant fut mouillé en traversant la rade de Poros pour se rembarquer et continuer son excursion. Arrivé à Épidaure le 11, il s'obstina à aller visiter l'acropole antique, à relever quelques inscriptions, et traversa les marais ayant de l'eau jusqu'à mi-jambe. A son retour, il fut saisi et comme foudroyé par la fièvre pestilentielle des marais. Le temps devint tel, qu'il fut impossible de songer à quitter Épidaure par mer. C'était le moment du grand ouragan qui, dans la mer Noire et l'Archipel, détruisait plus de deux cents navires. Dans cette perplexité extrême, le malade fit le vœu, s'il lui était accordé de gagner Athènes, de faire célébrer à perpétuité, tous les samedis, dans l'église de Notre-Dame des Victoires, à Paris, une messe pour obtenir de Dieu l'union de l'Église d'Orient avec l'Église latine (1).

Le 14 novembre, la tempête continuant toujours, le capitaine du cutter, vieil Hydriote qui avait beaucoup d'expérience, conseilla aux voyageurs de s'éloigner par terre d'Épidaure, un séjour plus prolongé dans les marais pouvant avoir les conséquences les plus funestes. Triste rapprochement, c'est à Épidaure, où les anciens se rendaient pour implorer le dieu de la santé, que M. Lenormant sentit les terribles atteintes du mal qui devait le conduire au tombeau!

Les voyageurs montèrent donc à cheval et se mirent en route par un temps froid et pluvieux. Le malade, qui pouvait à peine se tenir sur sa selle, voulut s'arrêter à Piadha, pour montrer à son fils le lieu où s'était tenue, en 1821, la première assemblée des Grecs émancipés. Arrivé à Sophico, il dormit pendant dix-huit heures d'un sommeil de plomb; mais, à son réveil, il se trouva encore plus faible qu'auparavant. Soutenu cependant par son énergie morale, il parvint à gagner Kalamaki; c'est le port de Corinthe sur le golfe Saronique. Un tremblement de terre a détruit les maisons de la misérable

(1) L'œuvre des Écoles d'Orient, fondée par le vénérable baron Cauchy, membre de l'Institut, et dont M. Lenormant était le vice-président, a réclamé de la famille l'honneur d'exécuter ce vœu, et l'inauguration solennelle en a été fixée, par le conseil de l'œuvre, au vendredi 27 janvier 1860, jour de la fête de saint Jean-Chrysostôme. Ce jour-là, une foule aussi nombreuse que distinguée et recueillie remplissait l'église de Notre-Dame des Victoires. (Voir le *Bulletin* de l'œuvre des Écoles d'Orient, n° 8, mars 1860.)

bourgade qui s'élevait, il y a quelques années encore, sur l'emplacement de l'opulente ville de Corinthe. Le pauvre malade ne put trouver d'asile que dans un cabaret, où on le coucha sur la capote d'un douanier. Ses forces l'abandonnant de plus en plus, son fils fréta un caïque pour regagner le Pirée par mer. En temps ordinaire, le voyage se fait en quelques heures; mais cette fois, arrivés entre Salamine et Éleusis, les voyageurs furent assaillis par un coup de vent terrible, qui manqua de faire périr le bâtiment, et ce fut à grand'peine qu'ils parvinrent à se réfugier dans une anse, non loin de Mégare. M. François Lenormant, tourmenté lui-même par la fièvre, fut obligé de laisser son père aux soins des matelots, pour se traîner à pied jusqu'à Mégare et y chercher du secours. Là, un épicier nommé Dallas mit sa maison à leur disposition et s'empressa de fournir une charrette pour aller prendre le malade au bord de la mer.

Le lendemain matin, 17 novembre, M. Lenormant se faisait conduire, soutenu par deux hommes, aux ruines antiques, en disant à son fils : « Il faut bien que je fasse mon métier d'archéologue. » Sa faiblesse était extrême, et tous ceux qui étaient présents s'effrayèrent de son état. Grâce à l'obligeance de l'éparque de Mégare, les voyageurs obtinrent enfin la voiture de poste, qui les mena dans la soirée jusqu'à Athènes.

Le docteur Rœser, premier médecin du roi, appelé près de M. Lenormant, trouva son état grave. Ni les secours de l'art, ni les soins de ses amis ne pouvaient plus rien. Il sentait déjà depuis plusieurs jours que la vie allait lui échapper, et, plein de résignation, il se préparait à la mort avec sang-froid. Le 18, il dicta son testament, et, ayant fait appeler M. l'abbé Favre, aumônier de la frégate *la Pomone,* en station au Pirée, il remplit ses devoirs religieux et donna sa bénédiction à son fils. Le mardi 22 novembre, à 6 heures 35 minutes du soir, il expira.

Le deuil fut universel à Athènes, car s'il aimait les Grecs, il en était aimé à son tour. Athènes a voulu conserver son cœur, et c'est le 13 novembre 1860 que le monument élevé à la mémoire de M. Lenormant a été béni, au milieu d'une assistance émue et recueillie. Un discours dans lequel respirent les plus nobles sentiments a été prononcé en cette occasion par M. Rhangabé, ancien ministre, ami du défunt, correspondant de l'Institut de France, et l'un des hommes les plus éminents de la Grèce actuelle dans la littérature et dans la science. M. Rhangabé a rappelé avec éloquence les titres si nombreux de l'illustre archéologue à la reconnaissance des Hellènes. Le cœur de M. Lenormant repose sur la hauteur de Colone, à l'endroit où était l'Académie, lieu plein des souvenirs de Socrate, de Platon et de Sophocle, et près du tombeau d'Ottfried Müller, un des plus célèbres archéologues de l'Allemagne, mort en Grèce, victime de son zèle pour la science (1).

Quant au corps du défunt, selon sa volonté, il fut embaumé et ramené en France sur le bateau à vapeur *le Gange*, par les soins de son fils, accompagné de M. Dragoumis, membre du conseil municipal d'Athènes, chargé de cette mission par une délégation spéciale de la ville.

Cependant, le vendredi 25 novembre 1859, l'émotion fut grande à l'Académie, quand une lettre de son fils, communiquée à la compagnie par M. W. Brunet de Presle, apprit pourquoi son retour était retardé. Cette lettre ne parlait que de la fièvre dont M. Lenormant avait été pris à Épidaure. La nouvelle de sa mort fut connue à Paris dans la soirée du même jour, par une dépêche télégraphique, et cette triste nouvelle s'y répandit rapidement.

(1) Voir la *Gazette des beaux-arts* du 1er janvier 1861.

L'on put connaître alors quelle vive impression cette catastrophe causa sur les nombreux amis de l'illustre savant, et on peut dire même sur le public. C'est que cette mort avait quelque chose de si cruel, de si inattendu.... « Mourir sitôt, dit M. Vitet, » loin des siens, sur là terre étrangère, passer en quelques » heures des plaisirs du voyage, des joies de la science, de l'espoir » du prochain retour, aux suprêmes angoisses, c'est là un de » ces coups qui étonnent et consternent les plus indifférents. » Mais l'émotion serait autrement profonde si chacun savait, » *comme nous*, quels liens cette mort a brisés, quels travaux » elle laisse interrompus, quel esprit généreux, quel noble cœur » nous sont ravis ! »

L'enterrement eut lieu le 6 décembre. Une assistance nombreuse se pressait ce jour-là dans l'église de St-Sulpice. Plusieurs discours furent prononcés sur la tombe de M. Lenormant, par MM. Wallon et Vincent, au nom de l'Institut, par M. Taschereau, au nom de l'administration de la Bibliothèque impériale, par M. Dragoumis, dans la belle langue de son pays, au nom de la municipalité d'Athènes, par M. de Rosny enfin, au nom de la Société d'ethnographie.

C'est avec regret que je renonce à transcrire ici en entier le beau discours de M. Wallon, car personne n'a su peindre avec plus de chaleur, plus de noblesse, plus de vérité le caractère de M. Charles Lenormant et rendre hommage à ses éminentes et rares qualités.

« La vie de M. Lenormant, a dit aussi M. Mérimée, n'a pas » été longue, mais heureuse et bien remplie. Tous les bonheurs » que les affections de famille, l'étude et le sentiment de devoirs » consciencieusement accomplis, peuvent assurer à une âme » élevée, il les a connus et il en a été comblé. » Il laisse pour héritage à son fils un nom justement honoré et un noble exemple à suivre, une carrière scientifique, laborieuse, féconde et plein d'éclat. « Une pareille carrière, ajoute M. Mérimée, » est assurément digne d'envie, mais il est affreux de penser » qu'un peu moins d'ardeur, un jour de repos auraient pu con» server à ses amis et à la science un homme encore si plein » d'avenir. »

Quand on jette un coup d'œil sur les travaux de M. Lenormant, on est étonné de l'immense quantité d'écrits qu'il a laissés sur tant de sujets différents. J'ai parlé des grands ouvrages de l'illustre académicien, j'ai cité un grand nombre de ses articles, il me reste à dire un mot de quelques mémoires académiques, de ses articles sur divers points d'archéologie, de ses travaux numismatiques.

Au nombre des mémoires imprimés dans le recueil de l'Académie des inscriptions et belles-lettres, on remarque un mémoire sur un buste de bronze du Musée du Louvre, buste dans lequel le savant archéologue a cru reconnaître le portrait d'Apollonius de Tyanes, un mémoire sur les fragments coptes des conciles de Nicée et d'Éphèse, travail où ont été expliqués les fragments déjà publiés par Zoëga de la version copte des actes du concile de Nicée, version qui présente avec le texte grec mutilé, tel qu'on le possède, de notables différences, particulièrement sur le canon relatif au pouvoir de l'évêque de Rome et à l'ordre des patriarcats.

Au nombre de ses articles archéologiques, j'ai déjà mentionné quelques sujets traités dans les *Annales de l'Institut archéologique de Rome*, son travail sur les divinités cosmiques, son article sur une statue de Gæa, et son étude de la religion phrygienne de Cybèle; il faut y ajouter d'autres travaux publiés soit dans le même recueil soit dans d'autres publications : ses observations sur l'*ancyle* et l'*amentum*, son article sur l'Hermaphrodite de Bernay, ses lettres sur les représentations d'Adonis et sur des vases historiques, sa notice sur les monnaies de la famille Valéria, son mémoire sur le classement des médailles qui peuvent appartenir aux treize premiers rois Arsacides, sa note sur un vase panathénaïque découvert à Benghazi et, enfin, ses nombreux articles insérés dans la *Revue numismatique*, dont il fut dès l'origine un des plus éminents et des plus féconds collaborateurs. Je me contente de rappeler ici les intéressants articles insérés dans cette Revue, sur les deniers d'argent de la famille Cornélia, sur une médaille d'or, d'Albin, sur un denier d'or de l'empereur Uranius Antoninus, sur les médailles de sainte Hélène, mère de Constantin, ses lettres à M. Saulcy sur les plus anciens monuments de la série mérovingienne, ses lettres à M. de la Saussaye sur la numismatique des Arvernes, son essai sur les statères de Cyzique, sa note sur Marcia, concubine de Commode, etc.

Au nombre des travaux manuscrits laissés par M. Lenormant, un des plus importants à signaler, si ce n'est le plus important de tous, est son étude sur un des dialogues de Platon, le *Cratyle* (1). Ce travail, lu devant l'Académie des inscriptions et belles-lettres, dans le courant de l'année 1854, contient le résumé du système et des idées de l'auteur sur les religions de l'antiquité. Ce sont des aperçus tout nouveaux, « c'est comme l'a dit avec » raison M. Mérimée le système le plus ingénieux et le mieux » déduit pour l'interprétation de la symbolique grecque. » Et comme je connais ce travail dans son entier, grâce à la lecture qui m'en a été faite par mon ami, j'ose dire que l'on trouve dans cette étude le fonds et la base de tout son système d'interprétation mythologique.

(1) Grâce aux soins pris par madame Lenormant et par son fils, l'étude sur le *Cratyle* vient d'être imprimée à Athènes.

On reprochait à M. Lenormant certaines hypothèses téméraires. Il ne se défendait pas de ces témérités et voici ce qu'il répondait à ses contradicteurs : « Ces sortes d'hypothèses me pa-
» raissent utiles et même dans l'esprit de l'antiquité, toutes les
» fois qu'on n'en fait pas une affaire d'amour-propre. Il m'im-
» porte fort peu qu'une de mes conjectures soit démentie par
» des découvertes postérieures ou des observations plus exactes;
» car même lorsque je me serais trompé, ma tentative n'aura
» pas été infructueuse. Je me serai compromis peut-être, mais
» j'aurai excité à la recherche et à la discussion (1). »

Voilà comment s'exprimait M. Lenormant. Il savait avouer les erreurs quand elles étaient reconnues; dans tous ses travaux, il apportait une bonne foi et une sincérité dont il existe partout des preuves.

M. Guizot lui rend ce témoignage : « C'était un esprit rare et
» une âme généreuse, à la fois indépendante et sympathique,
» prompte aux émotions et constante dans ses convictions (2). »

J'ai eu communication d'une lettre de Mgr Dupanloup, évêque d'Orléans, qui savait apprécier les grandes qualités de M. Lenormant, et j'en extrais ici les lignes suivantes :

« Cette mort, dit l'éminent prélat, me remplit d'une tris-
» tesse indicible..... je m'afflige de voir tomber un des premiers,
» de ces admirables laïcs qui aidèrent l'Église de France à con-
» quérir ses libertés. M. Lenormant était une âme si loyale, une
» nature si courageuse au bien, qu'il ne sera pas remplacé. »

Quand des hommes de la valeur de M. Lenormant disparaissent de la scène du monde dans la vigueur de l'âge et dans la plénitude des forces intellectuelles, dans la maturité du talent,

(1) *Annales de l'Institut archéologique*, t. XVII, p. 419.
(2) *Lettre à M. Foisset.*

ce n'est pas la famille, ce ne sont pas les amis qui ressentent seuls le coup ; tous ceux qui ont voué quelque sympathie à la science ne peuvent rester indifférents et déplorent un tel malheur.

Je termine cette notice, en ajoutant que je regarde comme l'accomplissement d'un pieux devoir de consacrer ces lignes à la mémoire d'un homme qui, dès mon début dans la carrière scientifique, m'avait aidé de ses inappréciables conseils, dont l'amitié m'était chère à tant de titres, et dont les vastes et profondes connaissances m'ont toujours émerveillé. Aussi, le jour où j'appris sa mort fut pour moi un vrai jour de deuil; je sentais un vide impossible à combler : des relations d'une intime et étroite amitié de trente ans laissent des traces ineffaçables.

Puissent le respect et la vénération que je garde à la mémoire de mon ami, payer, en partie du moins, ma dette de reconnaissance!

J. de Witte.

OUVRAGES DE CHARLES LENORMANT.

Les artistes contemporains, salons de 1831 et 1833. Paris, 1833; 2 vol. in-8°. (Réimpression des feuilletons du journal *le Temps*).

Trésor de numismatique et de glyptique, ou recueil général de médailles, monnaies, pierres gravées, bas-reliefs, tant anciens que modernes, les plus intéressants sous le rapport de l'art et de l'histoire. 20 vol. in-fol., chez Lenormant, rue de Seine.

Cet immense ouvrage, commencé en 1834, et terminé seulement en 1850, comprend, en suivant l'ordre historique :

1. Nouvelle galerie mythologique, avec la collaboration de J. de Witte, comme c'est indiqué dans un avant-propos. Paris, 1850; 1 vol. in-fol., 52 pl.
2. Numismatique des rois grecs. Paris, 1849; 1 vol., 93 pl.
3. Iconographie des empereurs romains. Paris, 1843; 1 vol., 62 pl.
5. Histoire par les monuments de l'art monétaire chez les modernes. Paris, 1846; 1 vol., 56 pl.
5. Médailles françaises depuis le règne de Charles VII jusqu'à celui de Louis XVI. Paris, 1834, 1836, 1837; 3 vol, avec 68, 32 et 56 pl.
6. Médailles de la révolution française. Paris, 1836; 1 vol., 96 pl.
7. Médailles de l'empire français. Paris, 1840; 1 vol., 72 pl.
8. Médailles coulées et ciselées en Italie au XVme et au XVIme siècle. Paris, 1834, 1836; 2 vol., 40 et 44 pl.
9. Choix historique des médailles des papes, depuis le milieu du XVme siècle jusqu'à nos jours. Paris, 1839; 1 vol., 48 pl.

10. Choix de médailles exécutées en Allemagne au XVIme et au XVIIme siècle, avec la collaboration de M. Anatole Chabouillet, comme c'est indiqué dans l'avant-propos. Paris, 1841; 1 vol., 48 pl.
11. Sceaux des rois et reines de France. Paris, 1834; 1 vol., 28 pl.
12. Sceaux des communes, communautés, évêques et barons. Paris, 1837; 1 vol., 24 pl.
13. Sceaux des grands feudataires de la couronne de France. Paris, 1836; 1 vol., 32 pl.
14. Sceaux des rois et reines d'Angleterre. Paris, 1835; 1 vol., 37 pl.
15. Bas-reliefs du Parthénon et du temple de Phigalie. Paris, 1834; 1 vol., 16 pl.

Cet ouvrage a été reproduit en un volume in-4° oblong. Paris, 1838.

16. Recueil général de bas-reliefs et d'ornements. Paris, 1836 et 1839; 2 vol., 40 et 60 pl.

Cette publication, entreprise d'abord pour les planches et comme application des procédés d'Achille Collas, sous la direction de MM. Paul Delaroche, Henriquel Dupont et Charles Lenormant, prit bientôt un caractère scientifique du plus haut intérêt par les dissertations que M. Lenormant y joignit.

La collaboration de MM. Anatole Chabouillet et J. de Witte est indiquée dans les avant-propos des *Médailles allemandes* et de la *Nouvelle galerie mythologique*, ainsi que dans l'épilogue qui est placé à la fin de ce dernier ouvrage (1).

Élite des monuments céramographiques, matériaux pour l'histoire des religions et des mœurs de l'antiquité, en collaboration avec J. de Witte. 4 vol. in-4°, avec de nombreuses planches.

(1) M. Auguste de Belloy a aussi pris part à la préparation des matériaux destinés au Trésor de numismatique et de glyptique.

Cet ouvrage, commencé en 1837, est resté inachevé par suite de la mort de M. Lenormant (1). Le premier volume porte la date de 1844, le second 1857, le troisième 1858.

Cours d'histoire ancienne, professé à la faculté des lettres. Première partie. Introduction à l'histoire de l'Asie occidentale. Paris, 1837; 1 vol. in-8°.

Quæstio cur Plato Aristophanem in convivio induxerit. Paris, 1838; in-4°, 1 pl.

Recherches sur l'origine, la destination chez les anciens et l'utilité actuelle des hiéroglyphiques d'Horapollon. Paris, 1838; in-4°.

Éclaircissements sur le cercueil du roi memphite Mycérinus. Paris, 1837; in-4°, 1 pl.

Essai sur le texte grec de l'inscription de Rosette. Paris, 1840; in-4°.

Rabelais et l'architecture de la renaissance; restitution de l'abbaye de Thelème. Paris, 1840; in-8°, 2 pl.

Musée des antiquités égyptiennes, ou recueil des monuments égyptiens, architecture, statuaire, glyptique et peinture, accompagné d'un texte explicatif. Paris, Leleux, 1841; 1 vol. in-folio avec de nombreuses planches.

Discours prononcé aux funérailles de M. Mionnet. Paris, 1842; in-8°.

Introduction à l'étude des vases peints. Paris, 1844; in-4°.

Questions historiques : Vme au IXme siècle. Cours d'histoire moderne professé à la faculté des lettres de Paris. Première édition, Waille, 1845; 1 vol. in-8°; deuxième édition, Douniol, 1854; 2 vol. in-8°.

Découverte d'un cimetière mérovingien à la chapelle St-Éloi. Paris, 1854; in-8°.

Articles publiés dans le journal LE GLOBE.

1828. — Lettres écrites d'Égypte :

Première lettre : D'Alexandrie, 22 octobre.

(1) Le premier volume est accompagné de 112 planches.
Le second de 142.
Le troisième de 112.
La quatrième de 103.

1828. — Seconde lettre : Aspect général de la basse Égypte, 8 novembre.

Troisième lettre : Les rives du Nil, Saïs, le Caire, 10 décembre.

Qnatrième lettre : L'île de Ronda, Memphis, Sakkarah, le Sphinx, les Pyramides, 20 décembre.

Cinquième lettre : Aspect de l'Égypte intermédiaire, tombeaux et ruines d'Hermopolis, 27 décembre.

1829. — Sixième lettre : Grotte de Beni-Hassan, temple souterrain de Bubastis, hypogée destiné à la sépulture des animaux du genre *felis*, impôt sur les dattiers, ville pharaonique conservée au sud d'Antinoé, complète destruction des beaux restes d'Éléphantine et d'Arsinoé, aspect de la haute Égypte, 4 février.

Septième lettre : Syout, capitale de la haute Égypte, aspect de la Thébaïde, portique de Denderah, ruines de Thèbes, 17 février.

Huitième lettre : Temple d'Hermonthis, érigé pour célébrer la naissance de Césarion, nouvelle liste de monuments égyptiens récemment détruits, Arabes indépendants entre l'Égypte et la Nubie, Syène, île de Philæ, 21 mars.

De l'affaire grecque et du protocole du 22 mars 1829, 22 août.

De l'affaire grecque, n° 2, les Turcs, 5 septembre.

De l'affaire grecque, n° 3, les Grecs, 12 septembre.

De l'affaire grecque, n° 4, situation du gouvernement d'Égine, 26 septembre.

De l'affaire grecque, n° 5, de la royauté proposée pour la Grèce, 14 novembre.

Sur les limites du nouvel État grec, n° 6, 23 décembre.

Revue française.

1827. — De l'étude des vases grecs.

1828. — Essai sur l'histoire de la peinture sur verre en France.

1829. — Esquisse de la Basse-Nubie.
1830. — Du système hiéroglyphique.
1838. — Leçon d'ouverture du cours d'histoire ancienne.

Articles publiés dans les *Annales* et dans les *Bulletins de l'Institut de correspondance archéologique.*

Annales, 1829.

1. Tête et chapelle d'Esculape, à Milo.
2. Inscription du temple de Jupiter Panhellénien à Égine et de l'Odéon de Milo.
3. Compte rendu de l'ouvrage de MM. Hittorff et Zanth : Architecture antique de la Sicile.

Annales, 1830.

1. Notice sur le théâtre antique de Lillebonne.
2. Peinture antique de Pompéi.
3. Les divinités cosmiques.
4. Compte rendu de l'ouvrage de M. le chevalier Bröndsted : Voyages et recherches en Grèce.

Bulletin, 1830.

1. Fouilles de Bernay, lettre à M. Panofka.

Annales, 1832.

1. Statue de Gæa.
2. Observations sur l'*Ancyle* et l'*Amentum*.
3. Compte rendu de l'ouvrage de M. Abel Blouet : Expédition scientifique de Morée, architecture, sculpture, inscriptions.
4. Le héros Cantharus.
5. Compte rendu de l'ouvrage : Les antiquités inédites de l'Attique, publiées par la société des *Dilettanti*, ouvrage traduit de l'anglais par M. Hittorff.

Bulletin, 1832.

1. Frise d'Olympie.
2. Groupe de la famille de Niobé, découvert à Soissons.

Annales, 1833.

1. La naissance de Bacchus.
2. Compte rendu de l'ouvrage de MM. le duc de Luynes et Debacq : Métaponte.

Annales, 1834.

1. Collier étrusque appartenant à M. Rougemont de Lowenberg. — Hermaphrodite de Bernay.

Annales, 1841.

1. Buste en bronze de Sophocle et statuette d'un personnage inconnu.

Annales, 1845.

1. Génie de la tragédie, bronze du cabinet des médailles de Paris.
2. Lettre a M. J. de Witte sur les représentations d'Adonis.

Annales, 1847.

1. Lettre à M. J. de Witte, sur trois nouveaux vases historiques.

Nouvelles annales publiées par la section française de l'institut archéologique.

1836. — 1. Étude de la religion phrygienne de Cybèle.
1838. — 1. Notice sur les deniers romains de la famille Valéria.
1839. — 1. Mémoire sur le classement des médailles qui peuvent appartenir aux treize premiers rois Arsacides.
2. Trois figurines de bronze du musée d'Avignon.

Le journal LE TEMPS.

1830. — Exposition des produits des manufactures royales (20 janvier).
Concours pour l'exécution du fronton de la Madeleine (14 avril).
Les mosaïques de M. Barberi (24 avril).
1831. — Panorama de Navarin (8 février).
Tableaux de la préfecture. — Succession de M. Molinos.
Concours pour le type monétaire (29 avril).
Les nielles de M. Wagner (15 août).
1832. — Décorations de Robert le Diable. 2 articles (janvier).
Les peintures de la nouvelle Chambre. — La Madeleine. — Les obélisques de Louqsor (3 mars).
1833. — Estampes nouvelles. Le portrait du roi, par Gérard (9 juill.).
Histoire des anciennes villes de France, par M. Vitet. (18 juillet).
Vie de Benvenuto Cellini (2 art., 11 et 20 août).
Nécrologie. Pierre Guérin (13 août).
Exposition des ouvrages des pensionnaires de l'Académie de France à Rome (27 août).
Concours pour le grand prix de peinture (28 septembre).
Théâtre italien. Anna Bolena (4 octobre).
Séance publique de l'Académie des beaux-arts (15 octobre).
Théâtre italien. Il Barbiere di Seviglia.
— Il Pirata (19 octobre).
— La Gazza ladra (26 octobre).
— Mose (5 novembre).
— L'Italiana in Algeri (19 novembre).
— I Capuletti ed i Montecchi. — Concert de M. Berlioz (3 décembre).
Le Magasin pittoresque (15 décembre).
Panorama d'Alger (17 décembre).

Théâtre italien. Première représentation de Giovanni di Calais, de Donizetti (19 décembre).

1834. — Théâtre italien. La Straniera. — Bellini. — Le poëte Romani (30 janvier).

Théâtre italien. Première représentation du Bravo, de M. Merliani (4 février).

Le fronton de la Madeleine (6 février).

Théâtre italien. Otello. — Semiramide (20 février).

Représentation au bénéfice de Tamburini. Reprise du premier acte de l'Agnese (1er mars).

Le martyr de St-Symphorien de M. Ingres (11 mars).

Théâtre italien. La Donna del Lago. — La Cenerentola. — La Sonnambula (28 mars).

De plus, les feuilletons sur les salons de 1831 et 1833, recueillis dans les deux volumes publiés sous le titre : *Les Artistes contemporains*. Paris, 1833.

La nouvelle Revue de Paris.

1830. — Souvenirs de Morée (trois articles, tomes XVIII et XIX).

1840. — La Stratonice de M. Ingres (20 septembre).

1843. — Esquisse pittoresque sur la Camargue.

Revue normande.

1832. — Lettre à M. de Caumont sur l'origine de l'ogive, article réimprimé en 1841, dans la 2me édition de l'histoire religieuse au moyen âge, par M. de Caumont.

Journal des Débats.

1834. — La Suisse saxonne (13 septembre).

1835. — Un buste de Scipion (19 janvier).

1841. — Le Bhaghâvâta-Pourâna, d'Eugène Burnouf (21 août).
Athènes en 1841 (26 octobre).
1842. — Charles de la Berge.

Revue numismatique, *fondée en 1836, par MM. E. Cartier et L. de la Saussaye.*

1838. — Considérations générales sur les monnaies de la Gaule.
Types des médailles romaines : Mutinus Titinus. — Le Capitole.
1839. — Médailles des rois de Chypre.
Médailles d'argent de la colonie de Corinthe.
1840. — Extrait d'un mémoire sur l'alphabet celtibérien.
Explication d'une médaille contorniate du cabinet de M. le marquis de Pina.
1841. — Observations sur une médaille de Catherine de Médicis.
1842. — Deniers d'argent de la famille Cornélia.
Médaille d'or d'Albin.
Sur la véritable désignation du monument de Rome, connu sous le nom de trophées de Marius.

Ce dernier article a été reproduit dans l'*Architectura numismatica* de Donaldson. Londres, 1859; in-4°.

1843. — Notice sur un denier d'or inédit de l'empereur Uranius Antoninus.
Médailles de Ste-Hélène, mère de Constantin le Grand, et de Fausta, fille de cet empereur.

Cet article a été reproduit dans la seconde édition des *Lettres* du baron Marchant *sur la numismatique et l'histoire.* Paris, Leleux, 1851; in-8°.

1844. — Recherches sur les époques et les causes de l'émission de l'*Æs grave* en Italie.

Ce travail est un extrait de l'introduction à l'étude des vases peints. Paris, 1844; in-4°.

1845. — Mémoire sur les monnaies de Simon Machabée.
1846. — Mémoire sur les médailles de la famille d'Odénat.
1848. — Lettres (I, II, III et IV) à M. de Saulcy, sur les plus anciens monuments numismatiques de la série mérovingienne.
1849. — Lettres (V) à M. de Saulcy sur la même question.
1853. — Lettres (VI, VII, VIII et IX) à M. de Saulcy sur la même question.

Ces lettres ont été réunies en un volume in-8°, accompagné de 16 planches et publié en 1854, chez M. Rollin.

Article nécrologique sur M. Rollin.
1855. — Note sur les rapports de l'or et l'argent chez les anciens.

Cette note a été reproduite dans l'Essai sur le classement des monnaies d'argent des Lagides, par François Lenormant. Blois, 1855, in-8°.

1856. — Essai sur les statères de Cyzique.
Première lettre à M. de la Saussaye sur la numismatique des Arvernes.
1857. — Note sur une pierre gravée représentant Marcia, concubine de Commode.
1858. — Seconde lettre à M. de la Saussaye sur la numismatique des Arvernes.

Bibliothèque de l'École des Chartes.

1840. — Restitution d'un poëme barbare relatif à des événements du règne de Childebert Ier. (T. I.)
Traité de l'office du Podestat, composé par Brunetto Latini (T. II.)

Courrier de l'Eure.

1841. — Le vieil Évreux.

Revue des Deux-Mondes.

Critique artistique du salon de 1835.

Revue générale de l'architecture.

1841. — Monuments phéniciens.
Réplique à la critique faite par la *Revue* sur la restitution de l'abbaye de Thelème.

Mémoires de l'Académie des Inscriptions et Belles-Lettres.

Tome XIX, 1re partie, 1853. — 1. Mémoire sur un buste de bronze du Musée du Louvre, 2 pl.
Tome XIX, 2me partie, 1853. — 2. Mémoire sur les fragments du premier concile de Nicée conservés dans la version copte. — 3. Note relative aux fragments du concile œcuménique d'Éphèse conservés dans la version copte.
Tome XXI, 1857. — 4. Mémoire sur la manière de lire Pausanias à propos du véritable emplacement de l'Agora d'Athènes.

De 1842 à 1852, M. Lenormant a été sans interruption rapporteur de la commission des antiquités de la France, et à ce titre, il a lu tous les ans à la séance publique de l'Académie des inscriptions et belles-lettres les jugements de la commission sur le concours des antiquités.

Indépendamment des mémoires inserés dans le recueil de l'Académie, on trouve dans ce même recueil la mention des lectures et des communications faites par M. Lenormant.

Tome XIV, 1re partie, 1845. — Mémoire sur le classement des médailles qui peuvent appartenir aux treize premiers Arsacides. (Voir *Nouvelles Annales de l'Institut archéologique*, 1839.)

Notice sur une brique antique découverte à Sartène (Corse).

Mémoire sur une médaille d'or de l'empereur Albin. (Voir *Revue numismatique*, 1842.)

Mémoire sur la véritable désignation du monument de Rome, connu sous le nom de Trophées de Marius. (V. *Revue numismatique*, 1842.)

Mémoire sur l'explication d'une partie de l'inscription de Rosette.

Mémoire sur un denier d'or de l'empereur Uranius Antoninus. (Voir *Revue numismatique*, 1843.)

Introduction à l'étude des vases peints antiques.

Tome XVI, 1re partie, 1850. — Note sur une des enceintes elliptiques calcinées ou vitrifiées découvertes à Péran, près de Saint-Brieuc (Côtes-du-Nord).

Attribution à Phidias et au fronton occidental du Parthénon, d'une tête colossale de femme appartenant au cabinet des médailles de la bibliothèque royale. (Voir le *Moniteur des arts*, 1846.)

Lettre à M. J. de Witte sur trois nouveaux vases historiques (imprimée dans les *Annales de l'Institut de correspondance archéologique*, 1847).

Lettres adressées à M. de Saulcy sur les plus anciens monuments numismatiques de l'époque mérovingienne. (Voir *Revue numismatique*, 1848, 1849, 1853.)

Mémoire sur un vase panathénaïque découvert dans la Cyrénaïque. (Voir *Revue archéologique*, 1848.)

Tome XVIII, 1re partie, 1854. — Communication sur les fouilles faites par M. Mariette, en Égypte.

Rapport sur une mission de M. Friess.

Notice sur le monument connu sous le nom de Fauteuil de Dagobert. (Voir les *Mélanges d'archéologie* des PP. Ch. Cahier et A. Martin, t. I.)

Mémoire sur le groupe qui, dans l'écriture hiéroglyphique, représente le mot *Roi*.

Sur un vase peint du Musée de Florence. (Voir *Revue archéologique*, 1849.)

Note sur un fragment de vase murrhin.

Sur les médailles des trois premiers siècles de l'ère chrétienne qui présentent des traces du christianisme. (Voir les *Mélanges d'archéologie* des PP. Ch. Cahier et A. Martin, t. III.)

Sur un puits artésien au temps dė la XVIIIme dynastie égyptienne.

Ici s'arrête l'histoire de l'Académie des inscriptions et belles-lettres. Les deux volumes : *Comptes rendus de l'Académie*, publiés par M. Ernest Desjardins, indiquent les lectures et communications suivantes :

1. Lettres à M. de la Saussaye sur la numismatique des Arvernes. (Voir *Revue numismatique*, 1856 et 1858.)
2. Mémoire sur l'arc de triomphe d'Orange (1).
3. Siége de Paris, par Labiénus (2).
4. Note sur trois médailles communiquées à l'Académie, par M. de Valori.
5. Mémoire sur les spectacles qui avaient lieu dans les mystères d'Éleusis (3).

D'autres lectures ont encore été faites devant l'Académie des inscriptions :

1. Mémoire sur le Cratyle de Platon (4).
2. Mémoire sur les peintures de Polygnote à la Lesché de Delphes (5).

(1) Un extrait de ce mémoire a été lu à la séance publique des cinq académies, le 17 août 1857.

(2) Ce mémoire doit être imprimé dans la *Revue archéologique*.

(3) Manuscrit. — Sera publié dans le *Recueil* de l'Académie des inscriptions et belles-lettres.

(4) Cette étude sur un des dialogues de Platon, vient d'être imprimée à Athènes, un vol. in-8°.

(5) Sera imprimé dans le *Recueil* des mémoires de l'Académie des inscriptions et belles-lettres.

3. Mémoire sur les antiquités du Bosphore Cimmérien (1).

Correspondant.

1843. — De la certitude évangélique considérée dans ses rapports avec l'histoire. (T. I.)

1844. — Des associations religieuses dans la société chrétienne. (T. VI et VII.)

Quatre articles réimprimés en un vol. in-8°, Paris, Waille, 1844.

1845. — De l'enseignement des langues anciennes comme base de l'éducation classique. (T. VIII et IX.)

Quatre articles réimprimés en un vol. in-8°, Paris, Waille, 1845.

Un mot sur l'ouverture du salon. (T. IX.)

Ninive. (T. X.)

Timon et ses pamphlets. (T. X.)

Lettre à M. le garde des sceaux, ministre des cultes, à propos du parti catholique. (T. X.)

François Gérard, peintre d'histoire. (T. X, XI et XII.)

Trois articles réimprimés en un vol. in-8°, 1846.

Les Français en Algérie. (T. XII.)

Quelques mots de réserve. (T. XII.)

1846 (2). — Exposé des négociations par lesquelles la France a obtenu le rétablissement du libre exercice de la religion catholique dans l'empire de la Chine. (2 articles, t. XIII.)

Exposition au profit des artistes malheureux. (T. XIV.)

Salon de 1846. (T. XIV.)

Élection du pape Pie IX. — De la liberté du conclave. (T. XIV.)

(1) Sera imprimé dans le *Recueil* de l'Académie des inscriptions et belles-lettres.

(2) A partir de l'année 1846, Ch. Lenormant devint rédacteur en chef du *Correspondant* jusqu'en 1855.

Grégoire XVI et Pie IX. (T. XV.)

1847 (1). — Un évêque de cour sous Louis XIV. (T. XVII.)

M. Ballanche. (T. XVIII.)

Les jésuites en Italie (2). (4 articles, t. XIX et XX.)

1848. — Principes de l'éducation publique, tirés des écrits de M. l'abbé Poullet. (T. XXI.)

M. de Chateaubriand. (T. XXII.)

1849. — La Lorraine et la France. (T. XXV.)

Le discours, sur la révolution d'Angleterre, de M. Guizot. (Ibid.)

Une réclame (Ibid.) (3).

1850. — M. de Chateaubriand et les mémoires d'outre-tombe. (2 articles, t. XXVII.)

Orsel et Overbeck (Ibid.)

Nouvelles des arts. (Ibid.)

1852. — Réception de M. de Montalembert à l'Académie. (T. XXIX.)

Mémoires et correspondance de Mallet Duparc. (Ibid.)

Eugène Burnouf. (T. XXX.)

1852 et 1853. — Série d'articles sur la question des classiques contre l'abbé Gaume. (7 articles, t. XXX et XXXI.)

1853. — De quelques publications nouvelles. — Louis XVII, de M. de Beauchêne. — Des intérêts catholiques au XIXme siècle, de M. de Montalembert. (T. XXXI.)

Chapelle de l'eucharistie à Notre-Dame de Lorette. (Ibid.)

Une nouvelle histoire de France de M. Ranke. (Ibid.)

Observations sur le véritable auteur des *Philosophumena* (4). (Ibid.)

(1) A partir de 1847 jusqu'au commencement de 1852, la Revue politique de la quinzaine a toujours été faite par Lenormant. (T. XVIII-XXIX.)

(2) Réfutation de l'ouvrage de Gioberti, *Il gesuita moderno*.

(3) Article de polémique à propos de la loi sur l'instruction publique de M. de Falloux.

(4) Lenormant cherche à prouver, contrairement à l'opinion de Bunsen, que l'auteur de ce livre est Origène.

1853. — Réflexions de circonstance. (T. XXXI.)
Revue littéraire. (2 articles, ibid.)
Préface du tome XXXII.
Le Louvre de M. Vitet. (T. XXXII.)
La question d'Orient. (Ibid.)
Descartes et le discours de la méthode. (Ibid.)
Souvenirs du salon. — M. Picot et M. Flandrin à saint Vincent de Paul. (Ibid.)
Fr. Ozanam. (Ibid.)
Revue littéraire. (3 art. ibid.)

1854. — La révocation de l'édit de Nantes. (T. XXXIII).
L'Orient. (Ibid.)
Les chrétiens d'Orient. (Ibid.)
MM. de Marcellus et de Saulcy. (Ibid.)
Variétés (1). (Ibid.)
Six autres articles intitulés : Variétés, Revue littéraire. (T. XXXIV.)
Découverte d'un cimetière mérovingien à la chapelle Saint-Éloi. (T. XXXV.)
Note sur l'époque et la famille de Saint-Taurin. (Ibid.)

Ces deux articles ont été réimprimés dans une broch. in-8° dédiée à Mme Ozanam. Paris, Dounol, 1854; in-8°.

Cinq articles intitulés : Variétés, Revue littéraire. (Ibid.)

1855. — Fête de Jeanne d'Arc à Orléans. (T. XXXVI.)
Le cardinal Maury. (Ibid.)
Philoctète de Sophocle au petit séminaire d'Orléans. (Ibid.)
Variétés. (Ibid.)

1856. — De l'art chrétien, d'après le livre de M. Rio. (T. XXXVIII.)
Paul Delaroche. (T. XXXIX.)

(1) Polémique avec M. de Marcellus sur l'époque et l'auteur de la Vénus de Milo. — Lenormant croit que cette statue est une œuvre de l'époque des premiers Séleucides et une copie d'une statue du temps de Phidias.

1857. — Poésies nouvelles de Jean Reboul. (T. XL.)
De l'union des arts et de l'industrie, à propos du livre de M. de Laborde. (Ibid.)
De la connaissance de l'âme, du P. Gratry. (T. XLI.)
Exposition des ouvrages de Paul Delaroche. (Ibid.)
OEdipe à Colone, au petit séminaire d'Orléans. (Ibid.)
1858. — Le Fils naturel, de M. Alexandre Dumas fils. (T. XLIII.)
Le concordat autrichien. (Ibid.)
1859. — Les catacombes de Rome en 1858. (T. XLIV.)
Ary Scheffer. (Ibid.)
Revue littéraire. (T. XLV.)

Bulletin archéologique de l'Athenæum français, publié par Adrien de Longpérier et J. de Witte.

1855. — De la manière de lire Pausanias, à propos du véritable emplacement de l'Agora d'Athènes. (2 articles).
Le Tholus d'Athènes.
Nouvelle explication d'un camée du cabinet des médailles.

Revue archéologique de Leleux.

1844. Tome I. — Archéologie (1).
Fragment sur l'étude des vases peints antiques.
1845. Tome II. — Description d'un vase peint nouvellement découvert à Ruvo. (Extrait de l'*Élite des monuments céramographiques.*)
1846. Tome III. — Lettre à M. de Longpérier sur une pierre du cabinet d'histoire naturelle et sur l'usage médical des abraxas.
1848. Tome V. — Note sur un vase panathénaïque récemment découvert à Benghazi (2).

(1) Réimpression de l'article *Archéologie* de l'Encyclopédie nouvelle.
(2) Mémoire lu à l'Académie des inscriptions le 30 juin 1848.

1849. Tome VI. — Explication d'un vase de la galerie de Florence.

1850. Tome VII. — Lettre à M. le directeur de la Revue archéologique sur un passage de Pline relatif à Lysippe.

1851. Tome VIII. — Fragments du livre de Chérémon sur les hiéroglyphes par Samuël Birch.

Société des antiquaires de Normandie.

M. Lenormant étant directeur, en 1846, a prononcé le discours d'ouverture de la séance annuelle le 13 avril. Voir *Mémoires de la Société*, t. XVII, p. I-XII.

Mélanges d'archéologie des PP. Charles Cahier et Arthur Martin.

Tome I. — Notice sur le fauteuil de Dagobert, 5 pl.

Tome III. — Des signes de christianisme sur quelques monuments numismatiques du IIIme siècle, 2 pl.

Tome IV. — Anciennes étoffes du Mans et de Chinon.
Lettre au R. P. Arthur Martin. — Doutes touchant le paganisme du tombeau de Vibia.

Moniteur des arts.

1846. — Attribution à Phidias et au Parthénon d'une tête colossale en marbre du cabinet des médailles et antiques (1).

Bulletin monumental de M. de Caumont.

1848. — Lettre à M. de Caumont sur plusieurs tissus d'origine sassanide, conservés dans les églises de France. — Sur

(1) Mémoire lu à l'Académie des Inscriptions le 31 juillet 1846.

l'étoffe conservée dans l'église de la Couture au Mans. — Sur la chappe de saint Mesme à Chinon et sur les étoffes de la châsse de Charlemagne à Aix-la-Chapelle.

Spicilegium solesmense

1852. Tome I. Fragmenta versionis copticæ libri synodici de primo concilio œcumenico niceno (1).

*Le journal l'*Union.

1858. — Plusieurs articles littéraires et scientifiques, entre autres deux articles sur l'oraison funèbre d'Hypéride, et deux articles sur Ary Scheffer reproduits dans le *Correspondant*.

Théodore Panofka (20 août).

1859. — Le comte Turpin de Crissé (2 juin).

Dans l'*Encyclopédie* du XIXme siècle, M. Lenormant a donné trois articles :

Archéologie (2), Beau, Numismatique.

Dans la nouvelle édition de la *Biographie de Michaud*, les articles :

Achille Leclère, Huyot, Isabey, les frères Johannot.

Dans le livre des *Cent et un*, publication faite au profit de l'éditeur Ladvocat, Lenormant est l'auteur du travail intitulé : *le Costume moderne et son avenir*.

(1) Voyez aussi le recueil des *Mémoires de l'Académie des inscriptions et belles-lettres*, t. XIX, 2me partie.

(2) Article réimprimé en tête de la première livraison de la *Revue archéologique*, en 1844.

Le volume ayant pour titre : *Instruction du comité historique des arts et monuments*, publié dans la collection des documents inédits sur l'histoire de France, a été rédigé en commun par MM. Lenormant, Mérimée, Vitet, Aug. Le Prévost, Albert Lenoir et Didron. Toute la partie intitulée : Monuments, meubles des époques gauloise, grecque et romaine, est l'œuvre exclusive de M. Ch. Lenormant.

Dans les ouvrages suivants :

1° Description des antiquités et objets d'art qui composent le cabinet de M. le chevalier E. Durand, par J. de Witte. Paris, 1836; in-8°.

2° Description d'une collection de vases peints et bronzes antiques, provenant des fouilles de l'Étrurie, par le même. Paris, 1837; in-8°.

3° Description de la collection d'antiquités de M. le vicomte Beugnot, par le même. Paris, 1840; in-8°, toutes les explications signées des initiales Ch. L. sont de Ch. Lenormant.

Enfin, je joins ici à la liste des ouvrages de M. Lenormant, l'indication des travaux publiés par la Société de l'Histoire de France auxquels il a pris une part soit active, soit directe, soit de surveillance comme commissaire responsable de la Société :

1. Procès de condamnation et de réhabilitation de Jeanne d'Arc, publié par M. J. Quicherat; 6 vol. in-8°.
2. Mémoires de Philippe de Comines, publiés par Mlle Dupont, 3 vol. in-8°.
3. Mémoires et lettres de Marguerite de Valois, publiés par M. Guessard, 1 vol. in-8°.
4. Mémoires de Daniel de Cosnac, publiés par M. le comte Jules de Cosnac (1); 2 vol. in-8°.

(1) Voir un article du *Correspondant*, t. XVII, 1847 : Un évêque de cour sous Louis XIV.

5. Mémoires de Mathieu Molé, publiés par M. Champollion-Figeac; 4 vol. in-8°.

M. Lenormant a laissé un certain nombre de mémoires et de travaux manuscrits dont les plus importants seront publiés (1).

Déjà, grâce aux soins de Mme Lenormant, deux volumes intitulés: *Beaux-arts et voyages*, viennent de paraître chez l'éditeur Michel Lévy. — Un autre volume, imprimé à Athènes, est consacré au *Cratyle de Platon*

J. DE WITTE.

(1) Voir plus haut les lectures faites devant l'Académie des inscriptions et belles-lettres.

TABLE.

CPSIA information can be obtained
at www.ICGtesting.com
Printed in the USA
LVHW030140210323
742063LV00002B/704

9 783382 700508